KB197458

시로 가는 그 길

시로 가는 그 길

1판 1쇄 인쇄 2024년 12월 20일
1판 1쇄 발행 2024년 12월 27일

지은이 김근형 김령 김옥자 김을분 김인숙 박명선 박정양
이동순 이향용 한창순 이인혜 전수빈

기획 및 편집 박가연 유하늘 금지연 김우연 이윤서 진아연
김유빈 신유진 최연우 최혜지

발행처 해토
발행인 고찬규

신고번호 제2009-000194호
신고일자 2003년 4월 16일

주소 (04029) 서울특별시 마포구 양화로 7길 84 영화빌딩 4층
전화 02-325-5676
팩스 02-333-5980

값은 표지에 있습니다.
ISBN 979-11-94110-05-7(03810)

시로 가는 그 길

시립성동노인종합복지관·한양여자대학교 문예창작과 엮음

해토

차례

성동노인종합복지관

한양여자대학교 문예창작과 졸업 시인

시립성동노인종합복지관

푸른 솔

시인. 본명 김근형.
성동노인종합복지관 시와 수필반 회원
khkim18544@hanmail.net

그리움

창문에 얼비친 빨간 잎새
어머니가 쥐여 준 심장인 듯
아물지 못한 상처 어루만져 준다

가을을 덮고 있는 허공으로
어머니하고 불러본들
목멘 소리 천장에 미치지 못한다

허덕이는 잎새 하나
바람 찬 생의 미로에서
불러도 대답 없는 그리움 향해
창문만 소리 없이 두드린다

꿈속에서

나목(裸木) 숲의 한 그림자
뼈마디 시려오는지
상기천[1] 오솔길에
웅크려 떨고 있네

심술궂은 진눈은
시샘하듯 내려와
홀로 서러운 그림자
한사코 지워 버렸네

애타게 잡아보려던
눈물 어린 그리운 손
어이 어이 할까
희미한 그 오솔길의 환영만
가슴 깊이 파고드네

---

1) 함경북도 원산시, 시인의 고향 집 앞에 흐르던 하천

소원

해 질 녘 황혼빛을 받아
가만히 가슴을 추려 봅니다

임의 모습 황혼빛에 싸여
살며시 사라졌습니다

내 심장의 붉은 피 그 하늘에 뿌려
말없이 살며시 황혼 따라 가신 임

동편 하늘 우러러 태양같이 떠오르길
가슴 쾌 가며 소원합니다

흔적

문 열면 기쁨으로 맞이해 주고
한결같이 아름답던 그 모습
사랑했던 흔적만 남겼으니
흐르는 눈물 어찌할 수 없네

이방 저방 건넛방 어디에도
참사랑 그의 모습 보이질 않고
남겨진 흔적만이 숨 쉬고 있어
마르지 않는 눈물 막을 수 없네

부르면 달려오고
손 벌리면 안겨 주던
65년 세월의 참된 흔적 남겨
적셔지는 눈물 마르질 않네

평생을 의지한 나의 기둥 당신
가정의 행복만을 갈구한 참신한 당신
사랑의 흔적 깊이깊이 도사려
솟구치는 눈물 잡을 수 없네

통한

사모하는 마음 뇌리에 가득 차
못 견디게 온몸으로 죄어들면
당신 윤곽 찾아 허공을 헤매네

보고픔이 넘쳐흘러 물결치며는
사랑하는 마음 가슴 깊이 안고
한없이 그리움에 잠 못 이루네

격동의 심장 소리 요란하게
혈관 속에 생명의 피가 흐르듯
당신 향한 내 사랑 멈춤이 없네

| 시인 인터뷰 |

김유빈(이하 유): 안녕하세요, 선생님. 선생님의 시 전부를 인상 깊게 읽었습니다. 이렇게 이야기 나눌 수 있게 되어 영광스럽습니다. 본격적인 인터뷰를 진행하기 전에 간단히 자기소개를 부탁드리겠습니다.

김근형(이하 김): 고맙습니다. 제 이름은 김근형이고 금년으로 93세입니다. 함경남도 원산시에서 태어났습니다. 단신으로 월남하여 어머니에 대한 그리움이 몹시 큽니다. 시에서도 그게 자주 엿보이지요. 그래서 주변 사람들에게는 '사모(思母) 시인'이라고 불리기도 해요.

유: 시에서 애틋함이나 그리움 같은 감정이 많이 느껴졌는데 그 이유를 알 것 같네요. 몇 가지 질문을 드리고, 시에 관한 이야기도 차차 나눠 보도록 하겠습니다. 선생님을 뵙고 가장 먼저 여쭙고 싶었던 것은 시를 쓰시게 된 계기예요. 처음 시를 쓰셨던 날을 기억하시나요?

김: 그럼요. 정확히 기억하지요. 시는 초등학교 시절부터 썼습니다. 오래됐어요. 초등학교 6학년 무렵 금강산으로 수학여행을 갔을 때, 처음으로 시를 썼어요. 제 고향

이 원산이라고 말씀드렸지요. 당시에는 '원산부'라고 불렸는데, 학생들에게 나누어 주던 잡지 같은 것이 있었어요. 저희 담임 선생님께서 제 시를 잡지에 실어 주셔서 그것으로 큰 상을 받았습니다.

유: 정말 오래 써 오셨군요. 큰 상을 타셨으니, 시 쓰는 것에 재능이 있다는 것도 깨달으셨겠어요. 그렇다면 그 이후로도 계속 문학을 하고 싶으셨나요?

김: 하고 싶었지요. 중학교에 올라가고 문학에 입문하고 싶다는 생각이 들었습니다. 그런데 아버지의 반대가 컸어요. 글을 쓰지 못하게 하실뿐더러 책도 읽지 못하게 하셨지요. 그렇게 마음을 접는 것 같으면서도 잡지사 같은 곳에 몰래몰래 시를 투고하기도 하고, 형님들이 읽으시던 세계문학전집을 읽었습니다. 당시 읽던 세계문학전집은 일어로 돼 있었는데, 무슨 말인지 이해할 수 없어도 열심히 읽었습니다. 죄와 벌, 안나 카레니나…. 아직도 기억이 납니다.

유: 문학에 대한 열망이 강하셨던 것 같아요. 존경스럽습니다. 문학을 하고 싶단 마음을 접으신 이후 선생님께서 택하신 다른 일들도 궁금하네요.

김: 회사를 관둔 후에 하고 싶은 것이 많이 생겼습니다. 서예도 하고, 사진도 찍게 되었지요. 사진작가가 된 지

는 벌써 5, 60년쯤 됐네요. 물론 지금도 하고 있고요.

유: 선생님의 삶에는 전반적으로 예술이 녹아들어 있었군요. 선생님께서는 서예가이자 사진작가 그리고 지금은 시인이기도 하시죠. 다시 시를 쓰게 되신 건 아마도 복지관 문학반에 다니게 되신 때부터인 것 같은데 어떠세요?

김: 그렇습니다. 나이가 들고 복지관 문학반에 다니게 되면서 본격적으로 다시 시를 쓰게 됐어요. 이것도 꽤 오래되었습니다. 그런데 나이가 드니 시어 같은 것들을 자주 까먹습니다. 시도 이제는 잘 못 쓸지도 모르겠어요. 그러나 쓰는 데까지 써 봐야겠지요. 학생들과도 이렇게 시집을 만들고, 얼마나 좋습니까.

유: 오래 쓰셔야지요. 저는 선생님의 시를 정말 좋아합니다. 아직은 다섯 편 정도 읽은 게 전부이지만요. 다섯 편만으로도 저를 감동하게 하셨다는 의미이기도 하니까요. 그래서 이 질문은 꼭 드려보고 싶었습니다. 선생님은 보통 어떤 것에서 영감을 받아 시를 쓰시나요?

김: 저는 일상 속 모든 것에서 영감을 받는 편입니다. 특별한 무언가가 있지는 않아요. 안마기에 편안히 누워 있을 때면 머릿속에 반짝하고 떠오르는 것이 있습니다. 자려고 막 누운 직후에도 생각나는 것이 있지요. '아, 저

거구나!' 하고요. 영감이 떠오르면 그 자리에서 바로 적습니다. 요새는 곧잘 잊거든요. 그래서 노트와 펜을 항상 가지고 다녀요. 「그리움」이라는 시도 그렇게 쓰게 되었습니다. 거실에서 바깥을 내다보고 있는데, 빨간 단풍잎이 바닥에 떨어지는 것을 봤습니다. 문득 어머니가 생각났어요. 우리 어머니가 나를 그리워하시는구나, 하고 가슴이 뛰었지요. 어떤 사물이나 현상에 대한 것보다는 내 속의 이야기를 많이 쓰는 것 같아요. 내면적인 것들이지요. 그래서 그것이 독자들에게 잘 전달될는지는 모르겠습니다. 추상적으로 느껴지기도 할 테지만, 시라는 게 추상적이면 안 된다는 법도 없으니까요.

유: 말씀하신 「그리움」은 제가 가장 인상깊게 읽은 시입니다. 그런 이야기가 숨어 있었군요. 단풍잎을 보고 어머니가 쥐여 준 심장이라고 표현하신 부분이 사무치게 좋았습니다. 저로서는 상상할 수 없는 표현이었어요. 「꿈속에서」도 어머니를 생각하며 쓰신 시인가요?

김: 그렇습니다. 어머니의 입장에서 쓴 시이기도 하지요. 「꿈속에서」는 꽤 추상적인 편이라 독자들이 이해하기 힘들지도 모르겠다고 생각했어요. 이 시에 등장하는 '그림자'는 우리 어머니의 그림자입니다. '상기천'은 제 고향 원산 집 앞에서 흐르던 하천이고요. 「소원」에서는 '임'이라는 표현을 썼기 때문에 독자들이 헷갈릴 수도 있습니다. 그러나 이 시도 어머니를 생각하며 쓴 시예요.

유: 그렇군요. 어머님에 대한 선생님의 그리움을 감히 짐작할 수 없습니다. 「흔적」은 다른 작품들과 조금 다른 느낌의 애틋함이 느껴졌습니다. 혹시 이 시는 아내분을 생각하며 쓰신 시인가요?

김: 맞아요. 제 아내는 애교가 많은 사람입니다. 제가 집에 돌아오면 금세 달려와 반겨 주곤 했지요. 월남하고 생긴 나의 첫 가족, 가족 1호입니다. 그런 아내가 병원 생활을 한 지 일 년이 넘어가요. 다른 것은 걱정이 없는데 유일하게 아내가 걱정됩니다. 그래서 최근에는 아내에 대한 시를 많이 쓰고 있습니다.

유: 많이 걱정되시겠어요. 선생님이 행복하고 건강하시길 바랍니다.

김: 그래야지요.

유: 현재 선생님을 지탱해 주는 것은 무엇인지 궁금합니다.

김: 아내예요. 내가 아프게 되면 아내를 돌볼 수 없으니까요. 아내에겐 내가 필요하다는 생각 하나로 열심히 그리고 건강히 살고 있습니다. 아내와 내가 서로를 지탱하고 있어요. 아내를 위해서라도 오래 살아야지요. 건강해야지요. 행복도 마찬가지입니다. 사소한 것에도 행복

을 느끼려고 노력해요. 지금은 아침에 눈을 뜬다는 사실 하나만으로도 행복하고 감사합니다. 약 백년 간 세상의 변화를 몸소 지켜봐 왔어요. 정말 살기 좋은 세상이 됐으니 이것 또한 감사하지요.

유: 정말 많은 변화를 봐 오셨겠네요. 이 세상을 살아갈 후발 주자라고 할까요. 그런 처지에서 선생님께 조언을 조금 듣고 싶습니다. 개인적인 질문일지도 모르겠지만, 충고든 조언이든 전부 감사히 듣겠습니다. 저처럼 아직 삶의 경험이 부족한 젊은이들에게 이야기해 주고 싶으신 말씀이 있다면 무엇일까요?

김: 우리 젊은이들이 이 세상에 감사하며 살아갔으면 합니다. 과거 없는 현재는 없습니다. 그것을 꼭 명심하고, 역사를 잊지 않은 채 현재를 겸손히 살아 나갔으면 해요. 우리의 역사를 바로 알고 이 세상을 열심히 갈고 닦아 주었으면 좋겠습니다.

유: 네, 과거 없는 현재는 없지요. 역사를 바로 알아야 앞으로 나아갈 수 있다고 저 또한 믿습니다. 좋은 말씀 감사합니다. 한 가지 더 여쭙고 싶은 게 있는데요, 글을 쓰는 후배로서 선생님께 삶과 문학이란 것은 어떤 것인지 궁금합니다.

김: 제게 있어 삶과 문학은 따로 떼어 설명할 수 없는 것

입니다. 문학이란 게 참 크지요. 살아 나가는 일 모든 것이 내겐 문학입니다. 우리는 문학 속에서 살고 있어요. 그렇기에 문학이 더욱 빛났으면 하는 바람이 있지요.

유: 선생님도 무언가를 보거나 듣고 압도되신 적이 있나요? 소설이나 시뿐만 아니라 사진, 풍경 등 모든 것을 다 통틀어서요.

김: 왜 없겠습니까. 너무 많아요. 나는 자주 울컥합니다. 누군가의 글을 보고 울컥할 때도 있고, 어디 차를 타고 나갈 때면 자연을 보고 울컥하기도 하고 그렇죠. 특히 고향과 비슷한 곳을 보면 그런 감정이 드는 것 같습니다. 또 그런 것들을 하나하나 메모에 적어 두는 거죠. 그런 것들이 다 나의 글감이 되어 주기도 합니다.

유: 저도 앞으로 수많은 것에게 압도당하겠지요. 그때마다 주눅 들 것이 아니라 선생님처럼 잘 받아들여 글감으로 활용하겠습니다. 이제부터라도 메모하는 습관을 잘 들여야겠어요. 벌써 시간이 이렇게 흘렀네요. 이 질문이 마지막 질문이 될 것 같습니다. 선생님의 호가 '푸른 솔'이라고 알고 있습니다. 이 호는 직접 지으셨나요?

김: 그렇습니다. 제게는 총 세 개의 호가 있어요. 시를 쓸 때는 '푸른 솔'입니다. 한글 서예를 할 때는 '청송'을

써요. 푸를 청에 소나무 송이지요. '푸른 솔'과 같은 의미입니다. 한문 서예를 할 때는 조금 다르게 '지암'이라는 호를 씁니다. 뜻 지에 바위 암을 써요. 나이가 들어 그런지 푸른 것이 좋습니다. 그래서 '푸른 솔'이라는 호를 짓게 되었습니다.

유: 저도 푸른 것들을 좋아합니다. 오늘 이렇게 말씀 들을 수 있어 영광이었습니다. 기꺼이 생각과 경험을 나눠주셔서 감사하고요. 시집이 나오면 또 뵐 일이 있겠지요. 그때도 여러 말씀 부탁드리겠습니다. 정말 많이 배우고 갑니다.

김: 다음에 보면 꼭 밥 한 끼 같이 먹었으면 좋겠습니다. 저도 감사합니다.

김령

시인.
성동노인종합복지관 시와 수필반 회원
yoonhee3523@naver.com

주하 날아 오르다

아침 눈 뜨자마자
샤크 슬립퍼 신은 주하
온 집안 여기저기
날아 오르다

발그레 상기된
앙다문 입술
잔뜩 힘 주 콧방울
샤크 똑 닮은 듯
튼튼한 세 살배기 주하

어머머 멋지다는 엄마
허허허 더 힘차게
뛰어다니라는 아빠

주하 많이 먹을꺼야
더 높이 샤크처럼 뛰어다닐래

사방으로 퍼지는

주하 네 식구 환호와 박수
까르르 하하 호호 짝짝짝

오늘도 엄마 아빠 가족 기록장
환호의 장을 넘기다

엄마표 밀 빵

개나리꽃 꽃망울이
소담스레 맺혀있는
삼월 운동장 울타리

올려다본 하늘엔
포근한 웃음 짓고 있는
엄마 얼굴 언저리엔
봉긋 봉긋 엄마표 밀 빵이
떠다니고 있다

배고팠던 유년 시절
엄마 부르며 싸리나무 문 뛰어들면
부뚜막에 놓여있던
모락모락 김 나는 엄마표 밀 빵

울타리 개나리꽃 따라
엄마 얼굴과 맞닿은 하늘
오버랩 되는
엄마표 밀 빵

봄날 버드나무 초상

4월 봄날 토요일 오후
아파트 베란다 밑
중학교 교정은
녹색 에너지가 가득하다

솜털인 양 맺혀있는
소담스러운 망울들
학교 교정 버드나무 밑에
유년의 선명한 녹색이
기다리고 있다

기와집 아들이 갖고 있는
로봇을 사달라고
길바닥에 누워
발 동동 굴던 막냇동생

누나가 커서 꼭 사줄게
함께 울고 싶지만
괜스레 꽉 졸라맨 허리춤은

개미허리가 된다

편안하게 올려다본 하늘
연회색 구름은
노년의 중턱에 선
나를 닮아있다

무심한 듯 떠나는 소풍

5월 따스한 봄빛을
시새움 하는 바람이
벚꽃잎 휘몰아쳐
산길 덮치듯 흩날리며
후두두 떨어져 내린다

생의 딜레마였던
결정의 순간마다
그 결과는 양면성이 있다
삶의 굴곡마다 치열했던
인생사 이면에는
또다시 돋아나는
소망의 싹

칠순이 넘은 탓일까
생의 마지막 길 떠나는
내 모습을 상상하곤 한다
삼월에 이생에 왔으니
마지막 길도

봄 소풍 가듯 떠나가려나

고별사도 없이
처연한 듯 무심한 듯
훌훌 빠져나가리라
오늘도 뚜벅뚜벅
일상을 챙기다

김우연(이하 김): 안녕하세요, 선생님. 만나 뵙게 되어서 반갑습니다. 선생님께서 보내주신 시 네 편 잘 읽었습니다. 작품을 읽으면서 표현이나 심상이 좋다고 느꼈어요. 시를 좋아하시는 게 느껴졌는데 어떤 이유로 문예반을 참여하게 되셨나요?

김령(이하 령): 안녕하세요. 반갑습니다. 잘 읽어주셨다니 다행이네요. 저는 지방에서 간호대학 교수였습니다. 65세로 정년퇴직하고 지방에서 혼자 있었습니다. 혼자 있으면서 넘어져서 다치는 일이 생겼는데, 딸은 걱정이 되었나 봐요. 제가 서울로 올라와 함께하는 게 좋겠다 해서 올라왔습니다. 딸은 제가 적적하지 않게 성동복지센터를 알아 왔다고 하더라고요. 여기가 프로그램이 제일 좋다고. 그래서 이곳을 와서 문예반에 들어오게 되었어요. 구연동화반, 중국어반, 일본어반도 들어가 함께 공부하고 있습니다. 문예반이나 구연동화반을 들어온 큰 이유는 저의 손자 때문이에요. 딸아이의 아들인데 세 살이 되었어요. 저의 자서전도 쓸 겸, 그리고 손자를 가르칠 수 있도록 동시와 동화를 배우게 되었어요. 시라는 건 여기 와서 처음 써봅니다.

김: 퇴직하시고도 배움을 멈추지 않으시는 모습이 정말 멋있습니다. 시를 처음 쓰셨다고 하셨는데 시가 굉장히 좋아요. 평소에 시를 많이 읽으시나요? 아니면 시가 아니더라도 좋아하시는 작품이 있으신가요?

령: 저는 책을 다양하게 많이 읽었어요. 그중에 법정 스님 책을 좋아합니다. 또 황동규 시인의 시집이나 수필을 좋아합니다. 아무래도 제가 이과 전공자라 어떤 사물이나 현상을 볼 때 굉장히 팩트 중심이에요. 사람이 건조하다는 소리를 많이 듣죠. 그래서 제가 읽는 책은 보통 건조한 책들입니다. 그러다 이곳에 와서 윤재필 선생님 수업을 받고 시를 쓰며 느낄 수 있었어요. 일상에서 느낄 수 있는 감정들을요. 특히 손주와의 일상들 속에서요.

김: 그래서 선생님 시 속에 "주하"라는 손주가 등장하는 거군요. 저도 읽으면서 주하가 너무 사랑스럽게 느껴졌습니다. 주하와의 에피소드가 많으실 텐데요, 하나 소개해주실까요?

령: 딸아이에게 전해 듣고 시에서 다룬 내용입니다. 주하가 아침에 일어나자마자 엄마 아빠 방문을 열면서 샤크 슬리퍼를 신고 막 뛰어다녔다고 하는데, 듣기만 해도 너무 사랑스럽고 행복해지더라고요. 또 아이와 어른의 시선이 많이 다르다고 느낀 일도 있었습니다. 다 같

이 누룽지 백숙을 먹으러 음식점에 들어가던 중이었어요. 거미줄에 잡힌 날벌레가 문에 걸려 있었는데, 주하가 거미에게 가서 "거미 하지마. 거미 나빠."라며 소리치더군요. 이미 죽은 날벌레였거든요. 날벌레가 무서워서 죽은 척을 하고 있는 거라고 주하가 말했어요. 평소에는 볼 수 없던 시선들을 주하에게 배울 수 있었던 것 같아요.

김: 저도 동의해요. 아이들에게는 항상 배울 점이 있는 것 같습니다. 다른 질문을 드릴게요. 선생님은 가장 좋아하시거나 인상 깊게 본 영화나 드라마가 있으신가요?

령: 외국 영화인데 "바람과 함께 사라지다" 영어 표기는 "Gone with the Wind"입니다. 좋아하는 이유는 여주인공의 질풍노도와 같은 삶 때문입니다. 예측 불가능한 삶이 좋았어요.

김: 여주인공의 그런 점이 왜 좋으셨어요?

령: 저랑 반대여서 좋아한 것 같아요. 이 주인공을 보며 대리만족을 하곤 했어요. 영화에서 여주인공은 불확실하게 소용돌이치는 삶을 살면서도 결국엔 사랑에 자신을 불사조 같이 던지는 모습이 인상 깊었어요. 저한텐 없는 것들이었거든요. 저는 굉장히 고지식해요. 일 더하기 일은 이. 예외도 없이 그냥 반듯하게 살았어요. 그래

서 이 영화를 보면서 저의 내면에 있는 가다듬어지지 않은 것들이 조금은 승화된다고 생각했습니다. 몰입해서 몇 번이나 봤습니다.

김: 여주인공에게 감정이입 되었군요. 그런데 그렇게 정직하고 바르게 사신 이유도 궁금합니다.

령: 아버지의 교육 영향이 컸던 것 같아요. 조부모님께서 저희 아버지를 어려서부터 세워놓고 공부를 시키셨대요. 시절이 시절인지라 번지석까지 모두 외웠다고 하셨습니다. 그러다 아버지가 열 살에 조실부모를 하시고, 전쟁이 나서 피난을 하셨대요. 큰아버지는 남쪽으로 저희 아버지는 북쪽으로. 아버지는 만주 쪽에 계셨는데 거기서 굉장히 어렵게 공부하면서 의과대학을 나오셨어요. 그러다 대동아전쟁이 일어나면서 학교를 중퇴하시게 됐어요. 그때 저희 엄마를 만나서 결혼하시고 남쪽으로 내려오셨어요. 아무것도 없이 어렵게 사시다가 어찌저찌 농협 직원으로 들어가시고 하면서 의대를 다 못 다닌 꿈을 자식들에게 투영하신 거죠. 제 위로 언니와 오빠가 있고 밑에 남동생이 두 명이 있었어요. 저희 오빠는 제가 볼 땐 의대와는 거리가 있어 보였지만, 아버지께서 억지로 의대를 보냈어요. 그러다 저희 오빠가 본과 4학년 때 약혼녀와 해수욕장을 갔다가 익사하게 됐습니다. 아버지는 그 뒤로 뇌졸중으로 쓰러지시고…… 동생 두 명은 남자라서 대학을 나와야 하기 때문에 어

머니께서 저에게 부탁하셨어요. 아버지가 지금 쓰러져 계시니 제가 교육대학에 들어가서 집안을 조금 돕는 게 어떻겠냐고. 예를 들어서 간식 같은 것을 줘도 먹지 않고 남동생들에게 양보했어요. 저의 주체적인 삶보다 항상 희생하는 게 몸에 배었었죠. 항상 불만은 있었죠.

김: 어린 나이였을 텐데 어깨가 무거우셨을 것 같아요. 꿈을 펼치지 못하게 된 상황도 많이 아쉬우셨을 테고요. 어렸을 적부터 키워왔던 꿈이 있으시겠죠?

령: 아버지랑 비슷한 꿈이었습니다. 저는 공부를 더 해서 간호대를 가고 싶었어요. 제가 초등학교 교사가 된 지 2년이 지났을 때, 어머니한테 겨울방학에 예비고사를 다시 보게 해달라고 졸랐어요. 그러니까 어머니가 어마어마한 사정을 하더라고요. 일 년만 더 하라고. 교사 자격증 안 뺏기려면 3년은 해야 하니까 일 년만 더 버티라고 해서 삼 년 채웠습니다. 결국엔 겨울방학 때 서울에 올라와서 재수 학원 다니면서 하숙집에서 살았어요. 이때 하숙집에서 자다가 연탄가스에 중독된 일이 있어요. 서울대학병원에 입원해서 정말 기적처럼 살아났어요. 살아나서도 멀쩡한 것도 기적이라더군요. 여러 일 겪고도 간호대에 입학했어요. 제가 간호대학을 이렇게 꼭 가려고 한 이유가 미국 유학이었어요. 미국 간호사는 봉급도 대우도 아주 좋아요. 간호사들이 공부할 수 있는 제도도 참 잘 되어있고요. 간호학이 좋아서

가 아니었어요. 미국 가서 공부가 너무 하고 싶었던 거예요. 남동생이 국비 장학금을 받아서 동생들이랑 미국 여행을 갔던 게 발판이었죠. 남동생보다 못한 건 없었는데, 그 당시 여자라서 공부 안 시키고 그런 게 있었어요. 하지만 미국은 못 갔어요. 아버지가 쓰러져 계시고 혼자 애쓰실 어머니가 걱정이 되기도 했습니다. 또 군산의 간호대학에서 조교를 뽑는데 조교를 하면 대학원에서 공부도 할 수 있게 해준다고 해서 지원했어요. 그때 저는 묶였다고 생각했어요. 그 후로 공부해서 연세대 석박사를 밟고 교수를 하며 제 꿈과는 달리 평범하게 살게 됐죠. 어떻게 보면 제 안에 뜨거운 것이 있는데, 그것을 녹여내지 못한 것 같아요. 그래서 작품 속 여주인공이 자신이 원하는 것을 당차게 행동할 때 부럽기도 했습니다. 저도 여주인공처럼 몇 번의 고비가 있었다는 점이 닮아 있었기에 더 마음이 갔던 것 같아요.

김: 선생님 이야기를 들으니, 마치 영화를 본 느낌이 들어요. 여주인공 못지않게 대단한 삶을 지내오셨군요. 저는 선생님의 성향과는 반대라 생각해서 선생님의 그런 모습이 존경스럽습니다. 혹시 후회되는 선택이 있으셨나요?

령: 이만큼 살고 보니까 길은 정해져 있는 것 같아요. 삶의 길이라는 게 제가 살아보니까 아무리 노력하고 했어도, 정해져 있는 삶의 나침반을 돌아서 지금에 와 있는

것 같아요. 그래서 크게 후회되지 않아요. 결국 윤회의 삶과 이어지는 것 같더라고요. 이러한 이유로 법정 스님의 책과 이해인 수녀님의 시, 황동규 시인도 좋아해요.

김: 저도 운명론을 믿어서 선생님 말씀에 공감합니다. 시를 많이 좋아하시는 것 같아요.

령: 네, 책은 어려서부터 많이 읽었어요. 일기도 꾸준히 썼습니다. 아버지가 강요를 많이 하셨어요. 우리 벽에 세워놓고 천자문 다 외워야 하고. 그렇기에 지금껏 많이 배울 수 있었던 것 같아요.

김: 이야기를 들을수록 아버지께서 정말 대단하신 분 같아요.

령: 맞아요. 하지만 저희 아버지보다 제가 더 존경하는 건 저희 엄마예요. 공부는 무학이지만 굉장히 근검하셨어요. 저희 어머니는 아버지가 아프셔서 누워계실 때도, 물 한 잔이라도 꼭 쟁반에 바쳐서 무릎을 꿇고 드리곤 하셨어요. 정말 지극 정성으로 간호하셨죠.

김: 걱정이 많은 상황 속에서도 꿋꿋하게 역할을 다하신 모습이 정말 대단하세요. 선생님 작품 중에 어머니에 대한 시가 있어요. 읽으면서 저희 엄마가 떠올라 슬펐습니다. 여전히 어머니 생각이 많이 나시나요?

령: 저희 어머니가 돌아가신 지 삼십여 년이 지났어요. 여전히 그립습니다. 하늘 보면 항상 생각나요. 하늘에 있는 구름이 저희 어머니가 쪄주던 밀 빵과 닮아 있거든요. 예전처럼 격렬하게 슬픈 그런 것이 아니라 은은하게 생각나요. 어머니는 저의 상념의 뿌리 같아요. 모든 사고의 뿌리, 원초적 출발점이 저는 엄마 같아요.

김: 저도 선생님 말씀에 공감합니다. 어머니께서 지금 선생님의 모습을 보시면 굉장히 기뻐하실 것 같아요. "무심한 듯 떠나는 소풍"도 정말 인상 깊게 읽었습니다. 근래에 삶의 마지막을 많이 생각하신다고 느꼈어요. 이 시는 어떤 마음으로 쓰셨는지 궁금합니다.

령: 저희 딸아이 집 근처의 서울 숲이 있습니다. 이곳에서 자주 산책하는데, 녹음 짙어진 길을 걸을 때면 늘 마지막 여정을 떠올리게 되더라고요. 그래서 쓴 거예요. 어떻게 삶을 마무리해야 하는지 이 나이가 되니 생각되었어요. 묘비명에 뭐라고 써야 할까도 고민 많이 했습니다. 사람들이 나의 묘비를 봤을 때 나는 어떤 평가를 받을까, 나는 어떤 삶을 살았다고 사람들한테 인식될까. 하는 고민들이요. 그런데 그것도 의미가 없는 것 같습니다. 우리가 하나의 우주, 하나의 점으로 돌아간다면 새로운 삶으로 태어나기 때문이에요. 그래서 윤회설을 믿고 싶어요. 깨끗한 영혼으로 돌아가는 거죠.

김: 선생님의 고민을 내려놓기까지 많은 생각을 하셨을 것 같아요. 저도 학교 옆이라 혼자 산책하곤 했었는데, 저는 앞으로의 삶에 대해 많이 생각했었습니다. 뒤를 보면 후회고, 앞을 보면 두려움이었는데 선생님과의 대화 덕분에 마음이 덩달아 편안해진 것 같아요. 귀한 시간 내주시고, 좋은 말씀 많이 들려주셔서 감사합니다. 날씨가 많이 추워졌는데, 건강 유의하시길 바라겠습니다. 수고하셨습니다.

령: 감사합니다. 오늘 함께 이야기할 수 있어서 덕분에 정말 즐거웠어요. 수고하셨습니다.

김옥자

시인.
성동노인종합복지관 시와 수필반 회원

여름비
삶과 바다
봄소풍

| 시인 인터뷰_금지연 |

여름비

후두둑 떨어지는 빗줄기
어지러운 머릿속을 헤집어 놓듯
흙바람이 인다.
먹구름 낀 하늘처럼
내려앉은 걱정들
쫓기듯 살아오던 삶의 무게를
조금씩 덜어내며 평안을 갈구한다.
최선 아니면, 차선이라도...
거센 비바람 지나가며
말갛게 씻긴 하늘
다시 고요를 되찾은 풍경에 감사하며
태울 듯 내려꽂는 햇살에
눅눅한 내 마음도 쨍하게 말려본다.

삶과 바다

오늘 하루도 쏜살같이 흘러
붉은 해는 수평선 저 너머로
얼굴을 묻고, 천천히 어둠 속으로
사라진다.
우린 인생의 한 조각들을
뜨개질하듯 엮어가고 있다.
삶은 항상 예측불허이듯
예고 없이 다가오는 수많은 난관도
예기치 않게 누리는 깜짝 행운도
그악스럽게 붙잡고 매달린 우리의 삶
잔잔한 물결과 폭풍우 몰아치는 바다.
고요한 순간도 영원이 아니듯
성난 물결도 끝이 아니다.

봄소풍

봄은 빗속에서 새 생명을 이끌어 낸다.
청춘은 생기 있고 발랄하다.
여름 나무는 힘찬 줄기와 무성한
잎사귀를 펼친다.
장년은 성숙하고 중후하다.
다 떨궈버린 잎새, 나목.
노년의 쓸쓸함과 황량함을 맛보지만
짧은 우리 인생은 한바탕 봄소풍이다.

금지연(이하 금): 안녕하세요 선생님, 저는 한양여자대학교 2학년이고요, 21살 금지연이라고 합니다. 선생님의 자기소개 부탁드리면서 인터뷰 시작해볼게요.

김옥자(이하 김): 나이는 72세고요, 그냥 평범한 소시민입니다. 젊었을 적에 조금씩 일을 했었는데 남편이 공기업 직원이다 보니 저희 나이에 비해서는 조금 평탄하게는 살았어요.

금: 어떤 일을 해오셨는지도 궁금한데요?

김: 총무, 경리 이런 거 조금씩 했어요. 저희 나이들이 보통 집이 넉넉하지는 않으니까 알바 정도로 하고 그랬죠.

금: 그런 다양한 경험이 작품에 녹아 있었던 걸까요? 제가 선생님의 작품을 읽으면서 선생님의 삶이 촤르륵 지나가는 느낌 같은 걸 받았어요.

김: 하하 아.

금: 시들이 굉장히 싱그럽고 엄청 긍정적이시더라고요.

김: 시는 제가 올해 처음 해본 건데…… 글쎄요, 잘 모르겠어요.

금: 저도 어르신들의 시를 본 건 이번에 처음인데 정말 대단하세요.

김: 아, 예. (웃음)

금: 이렇게 시를 쓰시게 된 계기를 좀 여쭤볼까요?

김: 표면적으로는 수필 반이다 보니까 처음에는 수필을 썼어요. 시는 정선된 언어로, 압축적으로 나타내는 게 되게 힘들더라고요. 선생님이 내주신 숙제에 맞춰서 처음에는 수필처럼 쓰다가 나중에 시를 써보려고 했는데 되게 어렵더라고요. 풀이를 하는 것도 아니고 한정된 언어로 드러내야 하는데, 그 단어를 선택하기도, 압축적으로 나타내기도 쉽지가 않아서요. 그러니까 시도 아닌 시인 것 같은데 어쨌든. (웃음) 나이가 있으니 아무래도 경험 같은 데서는 젊은 분들보다 좀 쓸 만한 게 있지 않나 하는 생각은 해요. 장점이겠지요. 아직 표현이 서툴러서 시라고 내놓기는 좀 부끄럽긴 하지만 그래도 이런 기회는 흔치 않다 싶어서 도전했더니 이런 인연이 생겼네요.

금: 저도 원래 소설 전공이어서, 시가 너무 어렵더라고요.

김: 글쎄 그렇더라고요. 쉽지가 않아요.

금: 그래도 시에서 선생님의 삶을 최대한 풀어내려는 열정 같은 걸 느꼈어요. 저는 선생님의 비유 같은 것도 좋다고 느꼈는걸요. 그렇게 겸손하지 않으셔도 될 것 같아요.

김: 수필 반 선생님도 제가 표현해놓은 걸 보시곤 묘사하는 능력은 좀 있다고 말씀하셨어요. 아마도 칭찬할 게 크게 없으시니까. (웃음) 제가 시골 출신이라, 표현할 때라든지 되짚어볼 때 정서적으로 도움이 되는 느낌은 들어요. 시골에 살던 따뜻한 감성 같은 게 있죠. 도시 출신보다는 깔려 있는 밑천이 조금 더 있지 않을까, 제 생각이에요. (웃음)

금: 도시 출신들은 상상하기 어려운 게 분명히 있죠. 그런 엄청난 재산을 가지고 계셨다면 일찍 글을 시작하셨어도 좋았겠어요. 수필반에 들어가신 특별한 계기가 있으실까요?

김: 제가 나이는 좀 있어도 아직 시골에 돌보는 가족도 있고 이러다 보니까 시간이 별로 없었어요. 지금도 자꾸 시골을 왔다갔다 해야 하는 상황이라서 뭘 좀 배워

보더라도 부담이 없는 반에 들어가고 싶었어요. 이 수필반이 일주일에 한 번, 짧은 시간밖에 안 하니까 부담이 덜하기도 하고. 몇십 년 전이지만 중학교 땐가 한 번 문학반에 들어간 적이 있었어요. 그것도 몇 달 하다가 금방 그만뒀지만요. 그런 로망이 있지 않나요? 감상적인 거. 그때 생각이 떠올라서 한번 해보는 것도 좋지 않을까 싶어서 들어가게 된 것 같아요.

금: 중학교 때 잠깐 몸담으셨던 문학반의 기억이 선생님을 무의식적으로 이곳까지 이끌었을지도 모르겠네요. 글과 꽤 깊은 인연이 있으신 게 아닐까요?

김: 아마 수필 반 분들 모두 어렸을 때든 크면서든 그런 생각이 있으셨을 거예요. 남자분들도 더러 있는 반이 별로 없는데 저도 조금 놀랐어요. 남자분들도 '아 이런 데 오시는구나' 했어요. 아무래도 그쪽으로 관심이 있으면 들어오지 않을까 싶어요. 특별히 인연이 있다거나 재능이 있는 건 아니겠고 말하자면 감정적으로 끌리는 거? 그런 쪽으로 생각해요.

금: 그렇다면, 일상에서 감정적으로 끌리는 것이 있으실까요?

김: 나이를 좀 먹은 입장에서는 특별히 행복한 하루보다, 육체적으로 불편하지 않은 하루, 어느 정도 건강한

그 생활 하루하루가 정말 감사하다고 느끼거든요. 소소하게 자녀들 와서 즐기고. 저는 아들 둘밖에 없으니까 그런 즐거움을 못 느껴서 며느리들이 베푸는 그런 작은 정성이 되게 감사하고 행복하더라고요. 그런 작은 걸 아들 결혼하기 전에는 못 느껴봤거든요. 가족 간에 생기는 작은 것들도 '아, 이거 참 감사한 일이다' 하며 고마워하죠.

금: 듣기만 해도 너무 행복한데요. 방금까지 '어 너무 좋다.' 하고 들었어요.

김: 되도록 아래 사람들한테 받기를 기대하기보다, 베푸는 쪽에 서자는 생각을 갖고는 있어요. 그게 얼마나 행동으로 나타날지는 모르지만. 그런 마음을 가지니까 인간관계가 더 편안해지는 느낌은 들어요. 기대하고 있지 않다가 받는 즐거움은 되게 즐겁고 또 고맙고. 더 편안해지는 느낌. 쉬엄쉬엄, 여유 있는 마음이라고 할까요?

금: 그쵸 그쵸?

김: 쫄리지 않는 느낌. 그렇게 살아가려고 생각하죠. 주위에서 다들 건강도 그렇고 아예 친구가 봄에 하늘나라로 갔고 이러다 보니까 이제 많이 남지 않은 시간인 것 같다 싶어서요.

금: 아유, 아직 한창이시죠. 곧 첫 책도 내시잖아요.

김: 그거는 가외의 즐거움이고요. (웃음)

금: 어린 시절의 꿈은 무엇이었나요?

김: 저는 아주 시골 출신인데 그때만 해도 초등학교 졸업하고 곧장 공장으로 가서 근무하는 그런 시대였어요. 그나마 제가 혜택을 받았다면 계속 상급 학교에 다닐 수 있었다는 걸 수도 있는데, 그래서 꿈이 그냥 평범하게 사는 거였나 봐요. 큰 꿈은 없었던 것 같아요. 이제 와서 후회를 좀 하죠. 꿈을 크게 가져보지 않은 인생이라 헛헛한 게 없지 않아요.

금: 저는 그 '평범함'이 꿈이었다는 말씀이 참 인상적인데요, 선생님이 당시에 생각하셨던 그 '평범함'은 어떤 것이었나요?

김: 평범하다는 거는 그냥 소시민적으로, 가족 거느리면서 사는 그런 거 아니겠어요? 보통 소원 빌 때 우리 가족 건강하게 행복하게 살게 해주세요, 하죠. 지금은 후회 없이 내 마무리를 깔끔하게 하고 떠나야겠다, 그런 생각을 하죠? 지금에서야 크게 나아지는 인생을 계획하기는 무리인 것 같으니까 현재 있는 선상에서 주변에 해가 안 되게 내 자신을 정리할 수 있는, 그런 마감을 하

고 싶죠.

금: 지금의 목표도 그런 식으로 좀 부드럽고 평온하게 끝까지 지내시는 건가요?

김: 나이 든 사람이고 젊은 사람도 마찬가지지만 건강이 제일이니까. 저희 친정 어머니도 지금 돌아가신 지 얼마 안 돼서. 백 세에 집에서 돌아가시고 또 시어머니도 구십몇 세 이렇게 사시다 보니까. 아무리 건강하셨다고 해도 나중에는 주위에 의탁을 하고 다른 사람은 손을 필요로 하고. 그런 걸 지켜보면서 저는 제 스스로를 관리하면서 살다 갔으면 좋겠다 해요. 그런 게 목표가 되죠. 가는 날까지 다른 사람 도움을 받지 않고 내 스스로 홀로 서서 살다가 갔으면 좋겠다 싶어서.

금: 아니, 너무 일찍 준비하시는 거 아니에요?

김: 준비는 항상 해야 하는 것 같아요. 근데 말만 그렇고 실질적인 준비를 하지는 않으면서도 아 그런 생각으로 살기는 해야 되겠다 하죠. (웃음)

금: 정말 좋은 말씀이네요. 이번에 첫 책이 나오잖아요. 소감이 어떠세요?

김: 감사한 일이죠, 그리고 책이 그렇잖아요. 함부로 꿈

꿀 수 있는 것도 아니고 바랄 수 있는 상황도 아니지만, 이런 좋은 기회가 생겨서 영광스럽고 고마운 일이죠. 우리나라 노인 복지도 그렇고, 전체적인 복지가 잘 돼 있어서 감사하고 행복한 일이라 생각합니다.

금: 새로운 행복이 찾아왔네요. 저도 작으나마 역할을 맡게 돼서 영광이고 행복합니다. 자, 이제 마지막으로 선생님의 삶에서 문학이란 어떤 의미인지 한번 여쭤보고 싶어요.

김: 뭐 거창하게 생각해본 적은 없어요. 그저 살아온 자체가 문학의 한 부분이 되는 것 같더라고요. 수필을 쓰든 시를 쓰든 말이지요. 특히나 수필 쪽은 더 자기 삶을 그대로 쓰는 거잖아요. 소설처럼 지어내는 글이 아니니까 삶이 그대로 문학이 되는 것도 같아요. 문학은 워낙 삶이 바탕에 깔려 있어야 하는 거니까 삶과 문학은 떼려야 뗄 수 없는 관계를 가지고 있지 않나 싶어요. 삶이 문학으로 발현되는 거죠.

금: 문학이 선생님의 삶에서 어떻게 스며 있었는지도 궁금해요.

김: 사람들이 다 나름대로 치열하게 살게 되잖아요? 뒤돌아보면 너무 치열하게 살고 있을 때는 삶을 생각하지 못했던 것 같아요. 살고 있지만 삶과는 멀어져 있었던

거죠. 지금은 헛헛할 때 전에 사놨던 시집 같은 걸 꺼내 보는데, '아 이런 해석이 있었구나' 싶어요. 젊었을 때 받아들이던 내용하고 삶을 좀 살아보고 나서 다시 보는 게 참 많이 다를 때가 있더라고요. 아이들도 옛날에 봤던 책을 다시 읽어보라고 갖다 주는 경우도 있고요. 「카네기 인생론」도 얼마 전에 우리 애가 '엄마 다시 읽어봐요' 하며 갖다 놓고 갔어요. 젊었을 때 읽던 것과 지금 관조하는 느낌으로 바라보는 거하고는 다른 것 같아서. 문학이 삶에 들어오기 위해서는 틈이 필요했구나 하는 생각도 들어요. 그 틈 덕에 바라보는 시선이 달라진 것도 같고. 지금은 시집을 보면 막 눈물이 나기도 하는데 틈이 너무 커진 걸까요. (웃음)

금: 선생님의 문학은 약간 여유 같은 거네요. 뭔가 심리적인 여유?

김: 심리적으로도 안정이 될 때 몰입도 되고 그렇더라고요. 전보다는 좀 더 감정이 책이나 대상에 다가가는 느낌이랄까요.

금: 문학을 배우고 있는 학생으로서 정말 그런 느낌에 대해 간절해질 때가 많아요. 인터뷰 시간은 벌써 다 돼가는데 끝내고 싶지가 않네요. 혹시 더 들려주시고 싶은 이야기가 있으세요?

김: 요즘 감사하는 게 많아졌어요. 젊은 학생들 얘기도 듣고 이런 인터뷰도 할 수 있는 영광이고 앞으로 더 노력해서 필력을 높여야죠, 부끄럽지 않게.

금: 이미 잘 쓰시는데! (웃음) 그럼 너무 아쉽지만 이 정도로 마무리할게요. 시간 내주셔서 감사하고 좋은 글 많이 쓰실 수 있도록 행복한 일도 자꾸 생기길 바랄게요. 감사합니다.

김: 네, 수고하셨어요. 감사합니다.

김을분

시인.
성동노인종합복지관 시와 수필반 회원

반가사유상

머리에는 관을
얼굴은 미남
시선의 각도는 27
가볍게 올린 손의 흐름

하늘거리는 옷자락
세련미는 줄줄
허리는 왜 그리 날씬한가

여유롭고 인자한 자태
금방 살아 움직일 듯하다

미소로 마음을 전하며
우주의 뜻을 전하는
인간

반가사유상

내 이름은 코스모스

아득히 높고 파아란
하늘 보면서
바람은 꽃을 흔들고
꽃은 가을을 노래한다

마지막 보루 속의
최상의 색을 뽑아
시월 하늘에
소리 없이 뿌리며

당연한 듯
온몸을
바람과 햇살에 맡긴다

떠나지 마라 계절아

마냥 춤추고 싶은
내 이름은
코스모스

흘러가는 것들

햇살 가득 입에 물고
환하게 웃던 나팔꽃
오늘은
입 다물고 모른 척

서러운 날에는 달빛 따라 흐르고
절실한 사랑으로 가슴 뛰던
젊은 날

건강한 일상이 당연했던
장년의 긴 시간들

아득히
흔적 없네

모두가 그렇게 소멸되는 것이
자연인 것을

내 이름표에 나이를 새기고

오늘도
두둥실
어디로 흘러가고 있나

꽃대

바람에 온기 실리면
몽울 몽울 꽃망울 빚어

푸른 혈관 속 흐르는 에너지
오묘한 사랑의 빛
감춘 채

오월 하늘 향해
어느 날
꽃대로
불끈
솟구쳐

붉게 피어난다
참을 수 없는 그리움 때문에

쭉쭉 뻗어 나가는
꽃대 보고 있으면

내가 살아 있는 오늘이
참으로 기쁘다

이윤서(이하 이): 안녕하세요. 저는 이윤서라고 합니다. 시를 정말 재밌게 읽었는데요. 이렇게 만나 뵙고 말씀 나누게 되어 영광입니다.

김을분(이하 김): 나도 반가워요. 시를 재밌게 읽어줬다니, 고맙네요.

이: 정말 재밌었어요. 특히 「반가사유상」은 어떻게 생각해서 쓰신 건지 궁금하더라고요. 종교가 불교이신 거죠?

김: 그렇지. 기본적으로 불교가 깔려 있지. 그리고 우리 집에 반가사유상이 있어요. 부처님상인데, 이게 절에 있는 일반적인 부처님상과는 달라요. 이건 아름다워요. 그걸 보고 느낀 걸 쓴 거에요.

이: 저희 집안도 불교랑 인연이 있어서 옛날에 절에 많이 갔었어요. 그래서 저도 불교도는 아니지만 그 분위기를 좋아하거든요. 아마 「반가사유상」이 제게 인상을 남긴 건 그런 이유가 있었던 것 같아요. 인생을 돌아볼 수 있게 되더라고요. 「코스모스」도 아주 재밌게 읽었어

요. 저도 코스모스 좋아하는데요, 코스모스는 정말 딱 가을에만 볼 수 있는 꽃이잖아요. 어떻게 쓰시게 된 시일까요?

김: 꽃을 본래 좋아해요. 제 고향이 남양주인데 거기 가다 보면 오른쪽에 코스모스 정원이 있어요 아주 넓은 거. 많은 사람들이 구경가는데 거길 보고 느낀 걸 쓴 거에요. 다들 이 시가 좋다고 하긴 했어요.

이: 「흘러가는 것들」도 얘길 해보고 싶어요. 문장들이 너무 와닿던데요. 살아온 발자취를 담담하게 되짚어보고 앞으로 갈 길도 조용히 들여다보는 그런 마음이 느껴지더라고요. 실례지만 할머니 연세가 어떻게 되세요?

김: 나이 많아. 80대 후반이에요.

이: 나이에 비해 건강하신 것 같아서 너무 보기 좋으세요. 인터뷰가 벌써 시작돼서 좀 늦은 감이 있긴 하지만 연세를 여쭤본 김에 자기소개를 부탁드려볼게요.

김: 서울에서 아주 가까운 남양주에서 태어났고, 그때부터 국민학교도 서울에 있는 학교를 기차 타고 다녔어요. 지금은 상상도 못 할 거에요. 기차가 그때는 출근 시간에 왔어. 지금처럼 자주 오는 게 아니었어요. 출근 시간에 오면 매일 지각을 했어. 그때는 사정이 좋지 않

아서 석탄을 때서 하니까 정시에 못 와. 매일 연착이 되었어. 그렇게 고생스럽게 기차를 타고 초등학교 때 통학을 했어요. 남양주에서 태어났지만 서울에서 계속 산 거나 마찬가지죠. 고향은 남양주지만요. 서울 생활을 많이 했고, 중고등학교도 서울에서 나왔어요.

이: 이렇게 문예반에서 시를 쓰시게 된 계기랄까요? 그런 것도 궁금해요.

김: 우리 할아버지가 몸이 안 좋으셔. 연세가 많으니까 아무래도…… 누워만 계셔. 그래서 내가 간병을 하는데, 아무래도 좀 답답하지. 수요일마다 바람 쐴 겸 이거라도 나오는 거야.

이: 저희 할머니도 답답하시다고, 시장에 나가셔서 할머니들 만나시고 그렇게 새 친구도 사귀고 하시더라고요. 그럼 시를 쓰시게 된 계기가 그렇게 여기 문예반에 나오시면서부터인가 봐요?

김: 조금 더 일찍 취미로 시작했지. 그새 시집도 하나 냈어. 말하자면 등단은 했지. 2016년도에.

이: 어쩐지, 시가 남다르시더라구요. 시집이 너무 궁금해요. 등단도 하셨으면 삶에 있어 문학이 특별한 의미겠어요.

김: 떼려야 뗄 수 없는 관계지.

이: 어린 시절은 어떠셨는지 궁금해요.

김: 어린 시절은 지금 학생은 상상을 못할 거야. 내가 태어난 그 시절은 여자들은 학교도 안 보내고, 남자만 학교를 겨우 보냈어. 우리집이 여유가 있어서 나를 서울 학교로도 보냈어. 근데 고2 때 부모님이 돌아가셨어요. 그래서 그때부터 정신적으로 너무 힘들었어요. 4월이었는데, 봄볕이 얼마나 좋았겠어. 그런데 나는 너무 비참하고 슬프고 살고 싶지 않을 정도였다니까. 그때 받은 충격 때문에 지금까지 좀 우울증이 있어. 주변에서 위로한답시고 좋은 곳으로 가셨을 거라고들 하잖아? 그런 소리도 안 들려. 선량하게 사셨던 부모님께 난데없이 불행이 닥친 거니까 모든 걸 부정하게 되더라고. 6.25도 무사히 겪어내신 분들인데 정말 허망하기 짝이 없었지. 살아갈 의지가 한 톨도 안 남았었는데 어떻게 된 게 사람이 죽으려고 해도 죽어지지도 않더라고. 그래서 어떻게든 버텨보고 그러다 지금까지 살아 있는 거지.

이: 많이 힘드셨겠어요. 그래도 의지를 일으켜내시려면 뭔가 꿈이나 목표 같은 게 있어야 하셨을 텐데 어떠셨어요?

김: 꿈은 뭐 그냥 교수같은 공부하는 걸 원했지. 근데

은행원으로 밥벌이를 하게 되더라고.

이: 너무 좋은 직업을 가지셨네요.

김: 내가 그때 충무로 지점에 발령이 났는데, 명동이나 충무로가 제일 화려하고 그렇잖아. 지금 신세계 백화점 있는 거기 말이야. 사실 내가 살았던 60년대 70년대는 은행원이 최고 직업이었어. 은행 직원은 어딜 가나 우대를 해. 양장점 같은 곳 가면 그냥 가져 가래. 값은 나중에 치르면 돼. 믿는 거지. 미용실에 들어가도 손님이 있건 없건 우선적으로 해 줘. 그 정도로 우대를 받았어 그 시절에는.

이: 정말 멋진 젊은 시절이었겠네요. 그러면은 그런 인생에서 배우신 가장 중요한 교훈은 뭐라고 생각하세요?

김: 나는 지식보다도 인성이라고 생각해. 사람 됨됨이가 중요하단 말이야. '수학 문제 하나 더 푼다.' 이런 것보다도 인성을 바르게 키워야지. 사람 모양을 하고 있다고 다 사람인가. 사람답게 살아야 사람이지. 사람다움. 그게 중요하다고 생각해. 그런데 요즘 사람들 보면 이기적인 부분이 많이 있는 것 같아. 공중도덕이 부족하달까? 우리는 이렇게 나이 들었지만 길에 휴지 하나 안 버려. 주우면 줍지. 근데 요즘 세대들은 그런 인식이 덜한 것 같아. 대부분은 안 그러는데 그런 사람들이 가끔 있더

라고. 담배꽁초 아무데나 막 버리는 그런 사람들.

이: 저도 그 말씀 깊이 새기고 사람답게 살도록 노력해야겠어요. 할머니와 말씀 나누면서 배운 게 정말 많았던 것 같아요. 오래 기억에 남을 소중한 시간이었습니다. 시간이 이렇게나 빨리 지나간 줄 몰랐어요. 아쉽지만 여기까지 하고 인터뷰 마칠게요. 늘 건강하시길 빌게요.

김: 네, 수고했고, 고마워요.

김인숙

시인.
성동노인종합복지관 시와 수필반 회원

시로 가는 그 길
기다림
영정 사진

| 시인 인터뷰_최혜지 |

시로 가는 그 길

시와 창작이 그리는 그 길은
삶이 되살아나는
나의 삶에 미소를 준다
우리에게 양분을 주는 것 같다
행복의 길을 걷고 싶은
그 길 알 낳게 한다
가자 가자 자꾸 가보자
깨끗하고 해맑은 동심으로
우리의 마음이
어느 벽에 부딪힐지라도
멋지게 만든다

기다림

삶의 시작과 끝은 항상 기다림으로
기다림은 삶의 시작과
끝의 마침표와도 같은
친근함을 의미하는 것 같다
환희의 기다림 슬픔 속에서의 기다림
기다림은 설렘의 연속
노을 져가는 그 순간까지
무엇을 기다리듯 기다림을
가지고 노을은 질 것이다

영정 사진

기나긴 세월의 흔적이
머금고 있는 그 얼굴의 미소
그 미소는 노을 진 삶의 끝자락
인생 후반의 마무리를 마감한다는
그 마음은 결코 유쾌하지만
찍고 싶지 않은 끝자락의 사진 한 장
생각하면 너무 아쉽고
그 긴 세월이 휑하니
지나 어느덧 삶의 여운을 남긴
사진 속의 그 모습이
아쉽기만 하구나

최혜지(이하 최): 안녕하세요, 선생님 작품 잘 읽었습니다. 우선 선생님의 소개부터 부탁드릴게요.

김인숙(이하 김): 안녕하세요. 저는 김인숙이고 77세입니다. 만나서 반가워요.

최: 작품 이야기 나누기 전에 언제부터 시를 쓰게 되셨는지 그리고 어떻게 시를 쓰시는지부터 여쭤볼게요.

김: 원래부터 쓰는 걸 좋아해서 취미가 있었고 쓴지 한 3, 4년 됐어요. 혼자 창작하는 데에는 무리가 있어서 다른 곳에 1년 정도 배우러 다녔고, 지금 여기 문예반에 들어온 지 2년 좀 더 된 것 같아요. 시는 평소 그냥 머리에 딱 생각나면 쓰거나 바로 메모해 놓는 편이에요. 핵심적인 내용을 포인트로 잡아 메모해 놓고 나중에 살을 붙이면 또 하나의 글이 될 것 같잖아요. 그런 식으로 쓰는 편이고 일기도 좀 쓰고 편지 쓰는 거도 좋아해요.

최: 편지도 쓰시는군요. 주로 누구에게 전해주시나요?

김: 주로 아들한테 쓰고 동갑인 친구에게도 써서 보내요.

최: 그럼 아드님께서 편지를 받고 어떤 반응을 해주시나요?

김: 나름대로 감동하더라고요. 제가 글 쓰는 걸 응원해주고 가족 모임 할 때 엄마 글 쓰는 거 너무 좋다고 말하기도 해요. 몇 번은 제 나름대로 아들에게 책임감을 좀 느껴봤으면 하는 마음으로 아들 이름 대신 '세대주'라고 적어 편지를 썼어요. 같이 글 쓰고 공부하는 분한테 이 얘기를 하니까 너무 무거운 것 같다 하더라고요. (웃음) 근데 그게 제 의도예요. 그리고 부모 자식 간에도 서운한 게 있잖아요. 그러니까 편지에다가 가끔 한 장씩 써서 줘요. 아무래도 글로 하는 게 제일 대화가 잘 오갈 것 같아서요.

최: 그렇군요. 저도 직접 얼굴 마주 보면서 얘기하기 부끄러울 땐 편지로 대신 말을 전하는 것 같아요. 이제 본격적으로 작품에 관해 이야기해 보려 해요. 먼저 「시로 가는 그 길」에서 시와 창작에 대한 선생님의 생각을 온전히 느껴볼 수 있어 좋았어요. 시와 창작이 삶에 미소를 준다고 하시는 걸 보아 평소 시 창작을 좋아하시는 마음 또한 잘 전달이 된 것 같은데, 시를 쓰시는 데에 어려움은 없으셨는지 궁금하네요.

김: 남들같이 세세한 표현력을 구사하는 게 어려웠던 것 같아요. 문예반에서 서로가 써온 글을 볼 때 저는 세밀하게 표현하는 그런 점들이 없는 것 같다고 느꼈어요. 아무래도 여기에는 책 낸 베테랑들도 있다 보니까 혼자 뒤처지는 느낌이 나기도 하는 것 같고요. 그래서 이제 머릿속에서 표현을 더 넓혀나가야겠다고 생각했던 것 같아요. 그리고 경험이라는 게 우리가 직접 겪은 것으로부터 오는 거잖아요. 그래서 글을 써도 감정을 잘 전달하고 읽는 사람에게도 와닿을 수 있을 것 같아요. 근데 아직 이게 미숙해요. 매일 붙잡고 해야 하는데 잘 안되더라고요. 그래서 다음 글 쓸 때는 감정을 좀 세부적으로 표현해 보려고 노력하고 있어요. 제가 생각하는 시와 창작은 제가 사랑하는 표현, 순수한 감정을 나타내는 것 같아요. 다른 사람들에 비하면 저는 그냥 초보예요. (웃음)

최: '경험'에 대해 이야기하신 부분에 저도 공감해요. 그래도 제게 세 편의 시 모두 감정이 잘 전달된 시들이었던 것 같아요. 정말 잘 쓰셨고 우리가 살아가면서 문득 생각해 볼 수 있는 주제 같아 공감이 가기도 했고요. 그렇다면 주로 글을 쓰실 때 영감은 어디서 받으시나요?

김: 주로 멍때릴 때 떠오르는 걸 가지고 글 쓰는 것 같아요. 우리가 무언가를 하려다가 잊어버리고 멍때릴 때가 있잖아요. 그때 떠오른 걸 나중에 까먹지 않도록 노

트에 얼른 메모 해놓고 쓰는 것 같아요.

최: 그러면 스쳐 가는 주제들이 거의 다 일상과 관련된 것일까요?

김: 네 그렇기도 해요. 상상도 있고 지나온 삶에 대해 생각하게 되는 것 같아요. 앞에서 이야기했지만, 제게 시는 느낀 감정을 있는 그대로 표현하는 것 같아요. 근데 이제 표현 방법이 얼마나 섬세하게 나오는지 여기서 차이가 있는 것 같아요.

최: 네, 저도 그 말에 동의해요. 그래서 그런지 저는 「영정 사진」, 「시로 가는 그 길」, 「기다림」, 이 작품들 전부 삶을 되돌아보게 만드는 느낌이 있는 것 같아요. 「기다림」에서 "삶의 시작과 끝은 항상 기다림"이라는 구절 속 '기다림'이라는 것에 대한 선생님의 생각을 엿볼 수 있어 좋았던 것 같아요. 도리어 제가 생각하는 '기다림'이란 어떤 것인지 생각해 볼 수 있었고요. 그래서 선생님께서 '기다림'이라는 것을 생각해 보시게 된 계기가 궁금하네요.

김: 애들이랑 베트남에 갔었어요. 다니면서 공간적인 거도 많고 여유도 있다 보니까 갑자기 '기다림'이라는 단어가 스쳐 갔어요. 시에 나타난 것처럼 저에게 기다림이란 삶의 시작과 끝이에요. 그렇게 생각을 시작하게 되면

서 쓰게 된 시예요.

최: 그러면 "노을이 져가는 그 순간까지" 이 구절 또한 여행지에서 보신 풍경을 배경으로 쓰신 거겠네요?

김: 맞아요. 저는 항상 작은 수첩이랑 볼펜을 같이 들고 다니거든요. 그래서 다니다가 생각나는 게 있으면 쓰고 생각 안 나면 멍때리거나 분위기에 맞춰 쓰기도 하고 그래요.

최: 여행지에서 본 풍경을 배경 삼아 쓰셨다는 말을 들으니 그 풍경이 제 머릿속에 잘 그려지는 것 같아요. 바라본 풍경을 그냥 지나치지 않았던 선생님의 태도를 배우고 싶네요. 마지막으로 나누고 싶은 시는 「영정 사진」인데요, 이 시가 개인적으로 기억에 오래 남았던 것 같아요. 시에서 나온 '마무리'라는 단어가 마치 삶의 끝이라고 느껴져 아쉬움과 무거운 기분이 들기도 했는데, 이 시 또한 일상에서 묻어나온 것 같아요.

김: 맞아요. 사실 이 시는 쓸까 말까 하다가 써봤어요. 예전에 영정 사진을 찍고 나서 썼던 거고, 쓰면서 너무 눈물이 났어요. 「영정 사진」을 쓰게 된 계기는 아들이 장례식장에 다녀오고 나서 할머니들 영정 사진이 너무 예뻐 참 보기 좋다고 그러더라고요. 제가 영정 사진을 안 찍어 놓으니까, 아들이 예약해 놓았다고 집으로 오

라 그랬어요. 그래서 사진 찍고 집으로 돌아오니 '영정 사진'이라는 단어가 생각나 쓰게 된 시였어요. 그런데 써놓고 보니까 더 잘 쓸 수도 있었을 것 같은데 아쉬움이 드네요. 내 감정보다 표현이 부족한 것 같아요.

최: 그래도 아쉬움에 대한 깊은 감정이 정말 잘 표현된 것 같아요. 저는 「영정 사진」을 읽는 내내 슬펐고 오히려 저도 삶을 돌아보게 됐던 것 같거든요.

김: 그랬을 것 같아요. 근데 아직 20대는 완전히 성숙한 게 아니니까 이런 걸 완전히 느끼진 못할 거예요. 내일모레 제가 80살이잖아요. 근데 이 시를 쓰면서 생각이 너무 많이 들었고 나이가 들다 보면 우울함이 생기더라고요. 젊을 땐 이 마음에 있는 우울함을 잘 모르잖아요. 학교 다니고 그러느라 우울함에 대해 생각할 여유가 없기도 하고요. 그래서 어떤 때는 눈물이 많은 것 같아요. 읽으면서 아마 엄마, 아빠에 대한 감정도 생각났을 거고, 본인 부모님이 7~80대가 되면 이런 감정을 느낄 것 같다는 생각이 들었을 것 같네요.

최: 맞아요. 그래서 더욱 슬픈 감정이 크게 들었던 것 같아요. 그리고 선생님 또한 이 시를 쓰시고 삶을 되돌아보는 시간도 많이 가지셨을 것 같은데, 선생님께 가장 행복했던 때는 언제인지 궁금하네요.

김: 할아버지랑 같이 살았던 때가 제일 행복했던 것 같아요. 지금 돌아가신 지 10년 됐어요. 지금 생각해 보니까 그때 삶의 농도가 굉장히 짙었어요. 처음엔 몰랐는데, 지금 세월이 많이 흐르니까 그때가 제일 부러웠던 것 같아요. 옛날에는 어딜 같이 가도 떨어져 다니곤 했는데 지금 지하철 타서 보면 할머니 할아버지들이 같이 붙어 다니는 걸 볼 수 있잖아요. 그러면 내가 옛날에 왜 그렇게 못 해봤지, 싶더라고요. 저는 앞으로 좀 떨어져 걷고, 여행을 가도 싸울 땐 싸우고 이런 기억들이 이제 현실이랑 비교해 보니까 매우 아쉬워요. 그때 한 번이라도 더 같이 앉고, 붙어 있고 그럴 걸 싶고 지금 할머니 할아버지들이 지나다니면서 서로 보따리 들어주겠다고 하는 모습 보면 정말 부러워요.

최: 저도 대중교통을 이용해서 그런 모습을 자주 봤었는데, 말씀을 직접 들으니 정말 아쉬운 감정이 크게 느껴지셨을 것 같아요. 이 시를 읽으면서 문학은 삶의 일부라는 말이 떠올랐는데, 선생님께 삶과 문학이란 무엇인지 여쭤보고 싶네요.

김: 삶과 문학은 우리의 삶을 생동감 있게 깨우쳐 주는 것 같아요. 삶에 대해 한 번 더 생각하게 되는 계기가 되는 것 같네요.

최: 그렇군요. 그렇다면 자주 읽는 문학 작품도 있으신

가요?

김: 애들이 추천해 주는 거 하나 정도, 또는 같이 글 쓰는 분 중에 책 내는 분들이 있어서 그분들이 준 책 읽거나 그래요. 그리고 복지관에서 미사를 드리다 보면 신부님이 수필이 담긴 책을 가지고 오시기도 해요. 그런 걸 읽다 보면 또 제 마음에 와닿는 부분이 있고 느낌이 올 때도 있는 것 같아요. 부담 없이 읽고 부담 없이 제가 거기에 심취하고 그래요. 제 삶의 활력소랄까요. '그런 부분도 있구나'하는 정도로 느끼는 거예요.

최: 네, 마지막으로 선생님께 이 질문을 하고 인터뷰를 마무리하려고 하는데요, 현재 글을 쓰고 있는 학생들에게 해주고 싶은 이야기가 있을까요?

김: 있는 그대로 느낌 그대로 쓰라 말하고 싶네요. 그 농도가 어느 정도인지에 따라 상대에게 감정이 전달되는 것 같아요. 제가 지금 20살도 아니고 80살이 다 되어 가니까 경험해 오고 느낀 게 많잖아요. 그래서 자연적으로 몸에서 익어 나가는 것 같기도 해요. 우리가 상상한다는 건 몸에서 익어 온 걸 표현하는 것 같아요. 가슴에서 우러난 거기 때문에 상대방에게 많은 감정 그리고 이미지 전달이 잘될 것 같다고 생각해요.

최: 말씀을 다 듣고 나니 정말 경험으로부터 표현하고

전할 수 있는 감정이 많다는 걸 다시 한번 느끼게 되는 것 같아요. 이렇게 선생님의 시를 직접 읽고 인터뷰하게 되어 정말 영광이었습니다. 앞으로도 좋은 시 많이 쓰시기를 바라며 응원하겠습니다. 감사합니다.

김: 저도 이렇게 좋은 학생 만날 수 있어 좋았어요. 오늘 뜻밖에 좋은 시간 보내서 즐거웠고 나중에 만나면 커피 한잔 사줄게요. 고마워요.

박명선

시인.
성동노인종합복지관 시와 수필반 회원
ddory01@naver.com

초여름의 빗방울

연초록 풀잎이 아침이 되니 기지개를 켜네
보랏빛 나팔꽃이 살며시 마주 보네
밤새 잠들었던 빗방울도 눈 부비며 쳐다보네
초여름의 아침이 부끄러워 미소 짓네

바다로 가는 길

스쳐 지나가는 전봇대에서 감미로운 바이올린 선율이 들리고
애잔한 들꽃은 어서 오라고 손짓하며 인사하네
늦여름의 여행 동해 바다로 가는 길
모든 세상을 반겨 주고 안아주는 바다
때론 독살스럽게 심통을 부리고 때론 잔잔한 목소리로 사랑을 속삭이기도 한다네

수국꽃

탐스러운 수국꽃이 우리 집 장독대 옆에서
수국수국 하며 마음을 설레게 한다네
욕심이 많아서인지 마음이 넓어서인지
한 다발씩 핀다네
6월 날씨도 더운데 쓰러지지 말라고
서로가 꼬옥 부둥켜안고 수국수국
노래한다네

진아연(이하 진): 안녕하세요, 오늘 인터뷰를 하게 된 진아연이라고 합니다. 인터뷰에 앞서 우선 자기소개 한번 해주실 수 있을까요?

박명선(이하 박): 이름은 박명선이고요, 1956년생입니다.

진: 시 분위기가 되게 따뜻하고 좋은 것 같아요. 시에서 보면 꽃 같은 것들이 많이 등장하잖아요, 들꽃이라거나 나팔꽃 같은 것들. 혹시 시에서 나오는 꽃들이 어르신에게 어떤 의미를 갖고 있는지 궁금해서 맨 먼저 여쭤보고 싶었어요.

박: 제가 어린 손주들을 이따금 돌봐 주고 있는데, 꽃이 우리 손주들 같기도 하고, 너무 귀엽고 예쁘고, 이 사회에서 희망이 되는 느낌도 있고 그래요.

진: 그렇군요. 그런 밝은 분위기가 잘 느껴지는 것 같아요. 꽃을 좋아하시는 걸 보면 어렸을 때 자연과 가까이에서 자라신 게 아닐까 싶긴 한데 어떠세요?

박: 중학교까지는 전라북도에서 자랐고, 고등학교부터 서울에서 계속 있었어요.

진: 저는 어르신이 시에서 사소한 것들을 잘 포착하시는 것 같다고 느꼈어요. 고향에서 있었던 일이나 풍경 중에서 시로 써 보고 싶은 장면도 있으실까요?

박: 고향에서의 이야기는, 어렸을 때 우리 집 앞마당에 꽃이 아주 많았어요. 그 옆에 도랑 같은 것도 있었고, 쑥도 캤고. 변산 해수욕장이 가까웠어요. 어렸을 땐 해수욕장 가서 한 달씩 살고 오기도 하고 그랬어요.

진: 되게 특별한 경험인 것 같아요.

박: 네, 그런 적이 있었어요.

진: 서울에서는 도시 풍경이 자연보다는 더 눈에 띄잖아요. 서울에서는 써 보고 싶은 장면이 있으실까요?

박: 지금 우리 집 앞이 한강이에요. 그래서 한강에 나가면 롯데타워도 보이고, 압구정동 아파트 단지, 성수대교, 동호대교 다 보이고. 달맞이공원도 있고 그래요.

진: 인공물과 자연이 어우러진 모습에 인상을 받으셨던 것 같네요. 담아내시면 좋은 작품이 나올 것 같은 느낌

이 들어요. (웃음)

박: (웃음) 제가 실력이 좀 부족하니까 표현을 못해서 그렇지……

진: 시가 너무너무 다정하고 좋은 것 같아요. 평소에 대화하시면서도 따뜻하게 말씀하시는 편이세요?

박: 제가 조금 감성적인 게 있어서……(웃음) 그래서 감성적인 시나 작가분들을 좋아해요. 너무 딱딱하고 어려운 말들로 쓴 그런 것보다는.

진: 가장 최근에 느낀 행복은 뭐였는지 여쭤봐도 될까요?

박: 모든 사람과, 사람과 사람과의 관계가 어려울 때도 많잖아요. 그런 게 스트레스였는데, 어느 날 우리 딸이 자기가 힘들고 어려울 때, 기운 빠질 때 거울을 쳐다보고 크게 외쳐 주라 하더라고요. 내 이름이 '명선'이면 거울을 보고 "명선아 사랑해"를 세 번씩 매일 아침 외치면 다운됐던 기운들이 올라온다고 그래서 한번씩 해보면서, 나랑 원활하지 않은 관계에 있는 사람이랑 만나면서 "아무개야 사랑해"라고 얘기했어요. 그랬더니 너무 즐거워하더라고. 그래서 이게 참 좋은 거구나, 하고 느끼고 행복한 마음도 들고 그러더라고요.

진: 따님이 정말 좋은 팁을 알려주셨네요. 어떤 분이세요?

박: 직장인이에요. 마흔세 살 직장인이고, 애기도 둘 키우고 있어요. 걔도 좀 마음이 착해요. 착해서 자기가 여리니까 스트레스받는 것도 있고. 그래서 그런 얘기를 듣고 와서 자기도 그렇게 하고 있다고 하더라고요.

진: 모녀간에 좋은 영향을 끼치고 있는 것 같아서, 이상적인 관계라는 생각이 들어요. 그러면 짧게 두 가지만 더 질문하고 싶은데요. 우선 선생님은 인생에서 배운 가장 중요한 교훈이, 그러니까 저희 같은 아래 세대의 사람들에게 전하고 싶은 지혜 같은 게 있으실까요?

박: 교훈……. 내가 먼저 정직하고 내 마음을 먼저 바라보는, 마음 공부가 참 중요한 것 같아요.

진: 조용조용 말씀해주시는 선생님의 성격이 잘 드러나는 교훈 같아요. 어린 시절은 어떠셨을지 궁금해지네요.

박: 어린 시절은 그렇게 행복하지는 않았어요. 아버지가 일찍 직장을 놓으셨었거든요. 그거 때문에 경제적으로 힘들어져서 어린 시절이 그닥 행복하진 않았는데, 그래도 부모님이 두 분 다 유복한 가정에서 교육을 잘 받고 자라신 분들이었어요. 그래서 경제적으로 어려웠어도 다 학교 마치게 도와주시고, 정서적으로도 메마르지

않게 보살펴주셨죠. 그래서 크게 '불행하다'라는 생각은 안 하고, 그런 부모님의 성품 덕분에 무난하게 잘 큰 것 같아요.

진: 그렇군요. 요즘 어린, 저 같은 학생들한테 하고 싶은 조언이라거나, 충고라거나, 살면서 '이건 꼭 알아야 한다' 하는 게 있다면 어떤 것이 있을까요.

박: 너무 가정교육이 이기적으로 되지 않았나, 그런 생각이 들어요. 그래서 자기만 알고. 조금 건방지다고 해야 할까? 그리고 너무 욕심도 많고, 이기적이고, 나만 알고. 그런 사람들이 애가 하나라서 다 위해 주고 하니까 그런 게 있어요. 우리 손주들도 그래요. 그런데 그건 사회적인 현상이라서……. 내가 보기엔 못마땅한데. 그래서 아까도 말했지만 자기 마음을 들여다보고, 내가 하는 게 맞는 건지, 내 마음이 진짠지 이런 마음 공부를 하는 아이들로 자라 줬으면 좋겠더라고요.

진: 지식 수준이라거나 그런 것보다는 먼저 바르게 자라 줬으면 좋겠다, 그런 말씀이시구나.

박: 그렇죠.

진: 그럼 그런 선생님의 삶에 있어서 '문학'은 어떤 의미가 있을까요?

박: 필수는 아니지만, 삶의 윤활유 같은 역할이라고 해야 할까요. 정감이 있고 마음이 흩어지지 않게 잡아 주는 역할도 될 거고.

진: '윤활유 같은'이라는 말씀이 흥미로운데요. 조금 더 구체적으로 말씀해주신다면요?

박: 삶이 각박하고 딱딱해질 때, 부드럽게 가라앉혀 준다고 할까요. 향기를 줄 수도 있고, 그렇죠.

진: 글을 쓰는 학생으로서 문학을 저의 삶에 윤활유로 생각해보진 못했는데 말씀을 들으니 확 와닿네요. 어쩌면 문학을 대하는 가장 현명한 방법이 아닐까 싶어요. 그 말씀 새기며 저도 열심히 써보겠습니다. 오늘 인터뷰 응해 주셔서 감사합니다.

박: 저도 고맙습니다. 수고 많았어요.

박정양

시인.
성동노인종합복지관 시와 수필반 회원

장마 속의 희비
지구는 몸살 중
상극에 관하여

| 시인 인터뷰_신유진 |

장마 속의 희비

대형 화분에 청록색 잎새작물을 심었다
고추 가지 들깻잎 고구마……
지난번 가뭄에 조석으로 물을 주어도
성이 안 차서 잎새마다 우글주글 찡그리고 날 보았지

요즘 긴 장마에도 살랑살랑 춤추며
꽃피고 열매 맺었다고 넌지시 보여주며 폼 재고 있다
장하구나 예쁘다 하다 생각하니
매년 농촌에 불청객 홍수 피해 금년에도 크다 했지

애써 길른 농작물 홍수에 휩쓸리고
물에 잠겨 시름하는 모습 보는 심정
얼마나 안타깝고 괴로울까

앞 날씨 좋으면 약간은 회생되지 않을까요?

하루빨리 날이 번쩍 들어
농작물 보호도 되고 유실물 복구도 되기 바랍니다.

지구는 몸살 중

태고에 맑고 푸른 하늘에
콩이요 팥이요 잡것들이 마구 쏘아 올려
하늘님도 노했는지
연일 열대야로 사람을 괴롭히니
더위에 못이겨 죽어가는 사람도 있었답니다
산중 토종 나무들도 사라지고 있습니다

바다는 만고의 빙하가 녹아내려
수면 높아지고 작은 섬들이 숨바꼭질합니다
썩지 않은 폐그물 비닐 플라스틱으로
물고기들 상하고 바다는 점점 오염된 답니다

땅 속 석유를 마구 파먹고 광물을 파내려 전쟁하고 부를 축적하고
속 빈 지구 흔들리고 몸살을 앓을 수 밖에
세상에 유명하신 의사선생님들 지구를 치유하실 선생님 안계십니까?

하루 빨라 완쾌시켜 인간들이 마음 놓고 살 수 있으면 감사하겠습니다.

상극에 관하여

나는 살면서 상극은 상종도 않고
거리가 먼 줄로만 알았다
알고보니 제일 가깝게 더불어 살고 있더라
제일 먼저 남녀가 상극
제일 무서운 물과 불
아무리 무서운 상극도 명석한 인간의 두뇌가 절묘한 질서로 다스려
손안에 넣으면 영락없는 인간의 노예가 된다
상극으로 말미암아 달나라 별나라 가는 도구도 만들고
우주 만방을 1분 1초 통신망을 구축했으니
이 얼마나 살기 좋은 낙원을 이루었는가
아무리 무서운 상극도
천재들의 두뇌 앞에 선,
고양이 앞에 쥐라고나 할까
이제는 상극이 아니라
우리들 삶에 도움일세

신유진(이하 신): 안녕하세요, 선생님.

박정양(이하 박): 안녕하세요.

신: 선생님께서 지금까지 어떻게 살아오셨는지부터 이야기 나눠보는 것은 어떨까요?

박: 저는 두메산골에서 왔습니다. 말산에서는 그곳을 호남의 지붕이라고 부릅니다. 거기서 유년기를 보내고, 30대에 서울이 개발될 때 올라와서 힘든 시기를 겪었습니다. 1959년쯤 아이들을 다 키운 후 복지관에 들어가게 되었고, 이런 프로그램이 있다고 해서 참여하게 되었습니다.

신: 정말 대단하시네요. 또 다른 이야기는 없으신가요?

박: 어렸을 때 애들이 도시로 중학교 가는 것이 그렇게 부러웠습니다. 저는 갈 수 없어서 포기했고, 서울에 와서 힘들게 살며 아이들을 키우다가 복지관에서 이런 프로그램이 생겼더라고요. 너무 좋아서 한참 동안 시도

쓰고 붓글씨도 연습했습니다. 이 기회에 앞으로 열심히 배워서 더 좋은 글을 써야겠다고 다짐했는데, 그때 눈이 고장 나버렸습니다. 눈이 아파서 집에서 고통스럽게 지내다가, 우리 막내딸이 일주일에 한 번씩이라도 복지관에 가야 걸음걸이도 잊지 않고 말도 잊지 않는다고 했습니다. 덕분에 요양사가 도와주셔서 많은 글을 쓸 수 있었습니다.

신: 제가 선생님의 시 세 편을 미리 읽어보았는데, 주로 사람과 환경에 관한 이야기가 담겨 있었습니다. 그중 「상극에 관하여」는 어떻게 탄생하게 되었나요?

박: 우리가 사는 세상에는 상극이 많아요. 남자와 여자, 물과 불도 상극이죠. 그런 내용을 바탕으로 「상극에 관하여」를 썼습니다. 전기와 물, 그리고 사람들의 머리에서 나온 생각들이 이러한 대립을 만들어냈다고 생각해요. 불처럼 무서운 것도 결국 사람에 의해 사용되었고, 전기도 만들고 댐도 건설하면서 세상이 발전했지요. 상극을 다스리니 이렇게 살기 좋은 낙원이 만들어졌어요. 그런 생각에서 만들어진 시예요.

신: 그렇다면 선생님께서 살아오시면서 가장 상극이라고 여겨졌던 것이 있을까요?

박: 다 상극이지요. 하지만 서로 포옹하며 살기 때문에

지금의 우리가 존재한다고 생각해요. 남편과도 좋은 순간이 있지만 때로는 말다툼도 있습니다. 물과 불도 우리에게 도움이 되지만, 사람을 해치거나 집을 태울 수도 있지 않습니까?

신: 맞습니다. 결국 상극이 만나 지금의 세상을 만들어 낸 것이군요. 선생님의 시를 읽으니, 상극이라 해서 서로의 못난 모습을 미워하기보다 각자가 가진 가치를 더욱 소중히 여겨야겠다는 생각이 듭니다. 그렇다면, 다음 시 「장마 속의 희비」는 어떻게 탄생했나요?

박: 제가 눈이 아파서 마당이 넓은 집으로 이사한 후, 초록색을 많이 보면 좋다고 해서 마당에 화초를 잔뜩 심었습니다. 그런데 아침과 저녁으로 물을 주어도 화초들이 시들더라고요. 그래서 자연이 최고라는 것을 깨닫게 되었고, '비가 와야 화초들도 잘 자라는구나' 생각했습니다. "지난번 가뭄에 조석으로 물을 주어도 성이 안 차서 잎새마다 우글주글 찡그리고 날 보았지"라는 표현도 그런 이유에서 썼습니다. 하지만 이 이야기는 지금 제가 살고 있는 곳의 이야기고, 시골은 달라요. 시골에서는 비가 오면 홍수 피해로 농작물이 망가지곤 합니다. 제가 시골에서 그런 경험을 했기 때문에 "해마다 찾아오는 불청객인 홍수 피해"라고 쓴 것입니다.

신: 선생님의 이야기를 듣고 나니, 이 시가 담고 있는 마

음을 확실히 알 것 같습니다. 처음에는 단순히 홍수로 인해 자연이 피해를 본다고 생각했는데, 그 안에 더 깊은 의미가 있었네요. 그러면 마지막 시 「지구는 몸살 중」에 대해서 이야기를 나눠볼까요? 저는 이 시에서 가장 인상 깊었던 표현이 "바다는 만고의 빙하가 녹아내려 수면 높아지고 작은 섬들이 숨바꼭질합니다"였습니다. 이런 표현은 여러 생각을 거쳐야 나오기 마련인데, 어떻게 이런 표현을 쓰시게 되었나요?

박: 요즘 열대야로 사람들도 고생하고, 심지어 죽기도 하잖아요. 시골에서는 토종 나무들이 많이 죽어가고 있대요. 지금은 눈이 아파서 못 다니지만, 전에는 여행도 많이 다녔습니다. 그때까지만 해도 괜찮았어요. 그런데 어느 날 텔레비전을 보니 섬들이 점점 잠겨가 위험하다고 하더군요. 무엇보다 바닷속에 있는 것들은 겉으로 보이지 않기 때문에 폐기물이나 의류 장비를 많이들 던져버린다고 합니다. 이 시는 그저 있는 그대로의 현실을 적은 거예요.

신: 선생님의 글 하나하나에 깊은 메시지가 있는 것 같습니다. 그래서 그런지 시가 가슴에 와닿습니다. 그렇다면, 선생님께서 글을 쓰시는 방식이 따로 있으신가요? 예를 들어, 일상을 살아가다 번뜩 떠오른다거나, 여행 중에 목격한 순간을 글로 쓰신다거나……

박: 저는 그저 옛날부터 겪어온 이야기를 씁니다. 어려서부터 글 쓰는 걸 좋아했어요.

신: 경험을 시에 잘 녹여내시나 보네요. 선생님의 어렸을 적 이야기를 좀 더 듣고 싶은데요?

박: 초등학교 다닐 때, 선생님이 시인이라고 하셨던 기억이 납니다. 선생님이 시에 대해 이야기해 주셨는데, 다른 학생들은 별로 관심이 없었지만, 저 혼자 이것저것 질문을 했어요. 선생님의 말씀은 너무 좋았고, 그 기억이 아직도 가슴에 남아 있습니다. 언젠가 도시로 나가 글을 써야겠다고 생각했지만, 아쉽게도 그렇게 하지 못했습니다. 그렇게 서울로 올라와 복지관에 오게 되었고, 원래는 이런 글 쓰는 프로그램이 없었는데 어느 날 생겼더군요. 제가 이 복지관 1호로 등록한 수강생입니다. 그래서 그때부터 시에 몰두했어요.

신: 어릴 때 못 이루었던 꿈을 이곳에 와서 이루게 되신 거네요.

박: 서울에 올라와 아이들을 키우느라 꿈도 꾸지 못했는데, 이렇게 좋은 세상에서 이렇게 좋은 기회가 생겨났더군요.

신: 그럼, 복지관에 처음 들어오셨던 순간이 기억나시나요?

박: 너무 좋았어요. 그렇게 학교 가길 원했던 사람인데, 그런 과정을 가르치는 게 너무 좋았습니다. 마치 고등학생 같았어요. 그리고 이렇게 내 시에 대해 이야기를 나누는 것이 참 좋은 순간이에요.

신: 그런 즐거운 마음으로 쓰셨기 때문일까요. 모든 시가 좋았는데 특히 「장마 속의 희비」가 가장 좋았어요. 그 시에 나온 표현들이 정말 좋았거든요. 무엇보다 선생님이 세상을 바라보는 시선이 드러나서 마음이 가는 시입니다. 무엇보다 저도 엄마를 닮아 식물을 정말 좋아합니다. 그래서 이 시의 앞부분을 읽었을 때 마음이 포근해지는 느낌을 받았어요.

박: 어머니가 시골에서 올라오셨나 보네요.

신: 네, 시골에서 서울로 올라오고 나서도 집에서 화분을 많이 키우세요. 그 때문인지 이 시를 읽었을 때 어떤 마음으로 쓰셨는지 알겠더라고요. 가장 좋아하는 식물이 있으세요?

박: 꽃을 키워보니 생각보다 오래 가지 않고 쉽게 시들더라고요. 몇 년을 키운 후에는 들깻잎이 가장 강하다는 것을 알게 되었습니다. 그래서 그다음부터는 계속 들깻잎을 심었어요. 제가 시골 사람이라 시골에 사는 지인에게 부탁해 기름을 짜와서 음식도 해먹곤 했습니다.

몸에도 좋고, 키우면 눈에도 좋아서 계속 기르고 있습니다.

신: 시간이 벌써 이렇게 흘렀네요. 이제 이야기를 마무리해야 할 것 같습니다. 오늘 해주신 이야기가 모두 소중하고 뜻깊었습니다. 마지막으로 전하고 싶은 말씀이 있으신가요?

박: 제가 잘했는지 모르겠네요. 그냥 고맙고, 주소 하나 적어주면 제가 제 시집 하나 보내줄게요. 즐거웠습니다. 우리 다음에 또 만나요..

이동순

시인.
성동노인종합복지관 시와 수필반 회원
ids0501@daum.net

황금실화백
이 교관댁 송편의 전설
몽산포구에서
비 오는 날 숲속

| 시인 인터뷰_유하늘 |

황금실화백

시린 겨울을 푸르게 견디고
따사로운 봄 햇살을 황금빛 초록으로
녹여내는 너

돌볼 이 없는 상주 오지땅 삼천평에
무논에 모내기하듯
한 뼘짜리 어린 묘목 심었네

사백 리 길 멀다 않고
잡초에 치일세라
비바람에 쓰러질라
물길 내주고 댕댕이 걷어주기 십오 년

무릎만큼 자라고
가슴을 넘더니
활짝 펼친 공작 닮은 너
황금빛 초록 날개로 푸른 하늘 향해
힘차게 솟아오르네

세월 머금은 우리들은
너를 간수하기 버거웠네

땔감이 되기로 한 날
십오 년 기다리던
너의 주인 나타났네

봉황새 날개처럼 푸른 하늘 향해 솟아오르는
너의 자태로
새로운 자리에서
오래도록 푸르러라
우리들의 정성도 함께 녹여서

이 교관댁 송편의 전설

이 교관댁 셋째 며늘 우리 할머니
열아홉 새색시 엄마한테 이르던 말
백비탕 팔팔 끓여 익반죽하거라!

명절과 기제사
외며늘 동동걸음 그칠 날 없어
그 모습 안타깝던 철없는 딸
천주교로 개종해 버렸네

할머니보다
엄마보다 더 오래 살아버린 딸
잊어도 되는 송편을 혼자서 빚고 있네

치대고 치대고
치댈수록 쫄깃해지는 송편 반죽
손바닥에 동글동글 굴리고
엄지손가락 두 개 넣고 돌려가며 구멍 내어
햇밤 삶아 꼭꼭 채워
고운 반달 빚었네

날렵한 송편 입술
할머니 쪽 찐 머리
볼록한 송편 배는
동글동글 엄마 얼굴
눌러 담은 송편 속에
그리움이 가득하네

몽산포구에서

썰물 밀려 나간 까마득한 바닷가에
알록달록 고운 콩알 흩뿌려있네

가시 같던 햇살 감싼 저녁노을
썰물 끝에 산불처럼 타오르고

좌르르 좌악좌악
아득히 들려오는 파도 소리

흔들거리는 콩알
두런두런 웅성웅성
갯벌 위 사람들의 정겨운 음성

서슬 퍼렇던 물결도
시뻘겋게 담금질하던 태양도
내려앉는 땅거미에 휴식으로 돌아가는 시간
방파제 불빛 따라 등대를 찾아 건네

비 오는 날 숲속

느른한 주말 오후
물병 하나 손에 들고 산으로 갔네
꾸무리한 하늘에 눌린 숲속을 하릴없이 걷는데
느닷없이 쏟아지는 장대비
화들짝 놀란 숲이 두런두런 소란해지네
흙냄새
솔냄새 피어오르고
바위와 이끼에 생기가 돋네
너른 잎 흔들어 대던 떡갈나무
묵은 삭정이 투둑 떨궈
욕망을 털어내고
비에 씻긴 나도 숲이 되네

유하늘(이하 유): 자기소개 먼저 간단하게 부탁드립니다

이동순(이하 이): 충청남도 대덕군에서 태어났어요. 오래전에 대전시에 편입돼서 이젠 없는 지명이에요. 지금은 성동구에 살고 있어요.

유: 대전시라고 할 수 있다면 저랑 출생지가 같으시네요.

이: 어디 살아요?

유: 지금은 서울에서 자취하지만, 본가는 대전이에요.

이: 저는 태어난 곳이 장태산 쪽이에요.

유: 장태산 어릴 때 많이 갔는데……

이: 어머, 이런 우연이. 정말 신기하다. 서울에서 고향 사람 만나면 참 반가워요.

유: 저도요. 정말 이런 우연이 다 있네요. 그러면 글을

쓰시게 된 계기는 무엇인가요?

이: 살아오면서 느낀 여러 감정들을 기록하고 싶어서 쓰게 됐어요. 간결하게 쓰는 법을 공부하고 싶었어요. 어릴 때부터 원래 글 쓰는 걸 좋아했어요. 이 나이까지 살다보면 쓰고 싶은 일이 참 많아요. 사실 국문학을 전공했었는데, 사느라 바빠서 그동안 제대로 글을 써본 적은 없었어요. 이제는 해볼 수 있겠다 싶어서 실천하게 됐죠.

유: 비슷한 맥락인데요, 그럼 시를 쓰게 된 계기는 무엇인가요?

이: 나이 들면 말이 많아져요. 앞서 말했지만, 항상 간결하게 쓰고 싶은 마음이 있었고, 글을 쓰다 보니 사건 정리도 되지만 생각도 정리가 돼요. 시를 공부하면 문장이 정리가 될 거 같아서 쓰게 됐어요.

유: 선생님께 삶과 문학이란 어떤 의미인가요?

이: 젊을 때는 그런 거 저런 거 생각 많이 하면서 살았는데, 이만큼 살아보니까 삶은, 순간순간 살아가는 것 같아요. 순간을 살다 보면 그게 연결이 돼서 삶이 되는 거라고 생각해요. 문학은 원래 좋아했어요. 어릴 때 글쓰기 숙제가 있으면 친구들은 다 싫어하는데 나는 그게 너무 재미있었어요.

유: 어렸을 때부터 문학을 좋아하셨군요?

이: 네 맞아요. 한강 작가가 이번에 노벨문학상 수상자로 발표됐을 때 너무 기쁘고 설렜어요. 그래서 생각난 게 있는데, 제가 어릴 때 글쓰기 대회 나가면 선생님이 "나중에 노벨문학상 받아라." 하셨던 게 기억이 나네요. 실제로 한강 작가가 이번에 상을 받았을 때 너무 설레고 기뻤습니다.

유: 맞아요. 저도 글 쓰는 사람으로서 너무 기쁘더라고요.

이: 살아가면서 또 느낀 건데, 문학은 마음에 힘이 되는 휴식처 같아요. 아이들 키울 때는 너무 바빠서 책 읽을 틈이 없었는데도 아기를 업고 서점에 가기도 했었어요. 제가 문학으로부터 마음의 위로를 받는 거 같아요.

유: 책을 정말 좋아하시는군요.

이: 네 맞아요. 그리고 또 문학은 '젊을 때는 들으면서 읽으면서 위로가 됐지만, 지금은 쓰면서 위로가 되는' 거 같아요.

유: 정말 와닿는 말씀이신 거 같아요. 글이라는 게 그렇게 힘을 줄 때가 있죠.

이: 지금은 수필이나 시를 쓰면서 내가 만들어놓은 결과물에 대한 보람이 참 큰 거 같아요.

유: 어느 나이건 하고자 하는 것이 있어야 살아가는 힘이 생기는 거 같아요.

이: 맞아요. 하고 싶은 걸 해야 해요 사람은. 그게 큰 힘이죠. 성과가 없더라도 10년 20년…… 그래야 보람이 느껴지는 거예요.

유: 10년이나요?

이: 아이들 어릴 때 친구가 그림 전시회를 한다고 해서 보러 간 적이 있어요. 그런데 전시된 다른 그림에 비해서 친구가 그린 그림이 아이들 그림처럼 너무 형편없는 거예요. 보러 간 제가 창피할 정도로요. 그걸 창피해 하면 안 되는 건데 그때는 그랬어요. 그런데 꾸준히 그림을 그리더니 지금은 멋진 작품을 그리는 화가가 됐어요.

유: 엄청 잘 그리게 되셨나요?

이: 네, 진짜 시간이 지날수록 발전이 있더라고요. 이제는 사진처럼 그려요. 멋지다고 생각했어요.

유: 역시 꾸준함을 따라올 수 있는 건 없나 봐요. 그럼

살아온 시간을 되돌려 봤을 때, 가장 기억에 남는 순간이 있으신가요?

이: 지금이 최고예요.

유: 멋진 마인드세요. 이제 선생님이 쓰신 시에 대해서 설명을 부탁드릴게요. 「황금실화백」은 어떻게 쓰게 되신 거죠?

이: 상주에 제부 땅이 삼천 평 있는데 농사 지을 사람이 없는 거예요. 조경사인 언니네 둘째 사위가 정원수를 심어 팔면 좋겠다고 해서 황금실화백이랑 홍가시 나무를 심었어요. 홍가시는 추위에 얼어 죽고 황금실화백은 어른 키 서너 배 멋지게 자랐는데 팔리지가 않는 거예요. 대전현충원에 50그루 형부 이름으로 기증하고 나무는 잘 자라는데 대구 사시는 형부는 78세에 제부도 힘들어 하고…… 제부가 나무를 베어내고 도로 밭으로 만들기로 결정했어요. 베어내기로 정한 날 하루 전에 전체를 다 사겠다는 조경사업자가 나타난 거예요. 영종도 파라다이스 정문에 황금실화백 두 그루가 멋들어지게 서 있어요. 그렇게 오래오래 멋지게 살아 있기를 바라는 마음이에요.

유: 아 정말요? 베기 직전인데, 참 앞일 모르네요. 엄청 잘된 일이네요. 그럼 다음 시인 「이 교관댁 송편의 전

설」에 대해서도 소개 한 번 부탁드릴게요.

이: 어렸을 적 본가가 전통을 지키는 집안이었어요. 엄마는 명절 한 달 전부터 음식 준비를 하셨어요. 기제사도 여러 번이고 늘 바쁘셨어요. 도대체 죽은 사람 때문에 산 사람이 이렇게 힘들어야 하나, 불만이 많았어요. 그런데 지금 생각해보니 명절이나 제사의 본 뜻은 자손들이 화목하게 지내기를 바라는 조상들의 바람이었다는 생각이 드는 거예요. 그래서 안 해도 되는 송편을 빚어봤어요. 옛날 생가고 많이 나고…… 나중에 손자들도 할머니가 만들었던 송편을 기억할까요?

유: 저도 거기까지는 생각을 못 해봤는데, 그러네요. 그런 뜻이 있을 수 있겠네요. 그럼 「몽산포구에서」는 어떻게 쓰게 된 시인가요?

이: 남편 친구 부부 세 집이 몽산포로 놀러 갔어요. 포구에서 차박을 했는데 낮에는 엄청 뜨거웠는데 저녁이 되니까 바람도 선선히 불고 물이 빠진 넓은 갯벌에 아기들 데리고 온 가족들이랑 사람들이 조개 캐는 모습, 두런두런 얘기 나누는 소리가 참 좋았어요. 어둑어둑해지니까 저녁노을도 멋지고 감동적인 장면이었는데 잘 표현이 안 되긴 했는데 글로 남겨보고 싶었지요.

유: 그럼 마지막으로 「비 오는 날 숲속」 시에 대해서도

소개 부탁드릴게요.

이: 저는 숲을 되게 좋아해요. 등산도 좋아하고. 글도 그렇지만 숲이나 나무도 저에게 위로를 주는 존재예요. 비 오면 사람들 산에 안 가잖아요.

유: 그렇죠. 비 오는 날 산 잘 안 가죠.

이: 그런데 비 오는 숲에 가면 생동감이 느껴지고 비와 내가 동화돼서 나도 숲이 된 것같은 느낌이 들어요. 나뭇잎에 습기가 스미면 그 향이 피어오르는데 그게 참 좋아요. 숲이 소란스러우면서도 살아 있는 느낌이 전달되더라고요.

유: 정말로 숲을 사랑하시는 마음이 느껴져요.

이: 젊을 때는 나도 산에 가는 거 귀찮아하고 그랬는데 지금은 숲이랑 대화가 돼요. 너무 웃기다고 생각하는 사람들도 있을 텐데, 정말 그래요.

유: 이렇게 시에 대해 말씀 나누다 보니 시간이 훌쩍 지나갔네요. 오늘 여러 말씀 감사했습니다. 선생님의 시가 이 책에서 여러 독자를 만나게 되길 빌겠습니다.

이: 고마워요. 수고 많았어요.

이향용

시인.
성동노인종합복지관 시와 수필반 회원

| 시인 인터뷰_박가연 |

비

비는 물이며 생물의 생명이다

물이 있는 곳에 생명의 소통이 있고
없다면 돌이나 먼지다

먼지에 물이 섞이면 흙이 되어 생명을 싹틔운다

지구의 3분의 2가 물이며 지구를 닮아 오장육부도 있다

인체와 지구의 구성이 같으니
흙에서 왔으니 흙으로 돌아가나 보다

물이 수증기를 증발시켜 구름을 만들고
구름은 비를 쏟아 물을 따라 흘러간다

섭리가 있어 각양各洋, 각주各州도 물이 나눈다

태초에 물이 있었고

물이 비를 통해 온 지면을 적셔
생명을 진화시키지만
감당 못 해 물을 따라 흘러가는 인생도 있다

물이 없다면 나도 없다
물과 빛이 광합성을 이루어 양식을 주니
자연이 아니라 신의 조화로다

소풍

우렁찬 울음 속에 지구촌에 소풍 왔던 날
화창했을까
비가 왔을까

초등 시절 소풍 갈 땐
자다가 깨어 밤이 왜 이리 길까
달과 별은 밤을 잘 파수하고 있는지

지금은 분위기도 없고 기다림도 없구나

갈수록 춥고 어두워도
마지막 정류장 요양원은 그냥 지나쳤으면 좋겠다

쫓기다 보니 벌써 돌아갈 시간이구나
집에 도착하면 8시 아니면 9시
10시에 도착하면 나도 싫지만 짜증 내는 사람도 있겠지

길동무는 곁에 있나

방향 감각이 어눌하거든 별을 보게나
관상용이 아닌 걸 깨닫는다면 사후死後를 노래할 거네

본향을 머리에 이고도 찾으며 사는 인생
기억의 편린이 일깨워주면 좋겠다

사랑

삶의 연결고리가 마중물이라면
신神의 통로도 된다

끌어당기는 힘
누구라도 제어하지 못한다

식물 중 장미는 사랑을 받다 보니
향기와 가시가 필요한 것을 알았다

속에 있는 사랑을 끌어내는 사람은
없어서는 안 될 사람이다

쓰레기 더미 속에서도 유유낙낙 피어나는 장미꽃
널브러진 사랑이라고 다 사랑은 아니다

집착은 사랑이 아니니
그저 좋아할 뿐이다

집착은 양심이 알고, 사랑은 마음이 안다

맛있는 맛은 입맛이 알고
코 속을 맴도는 냄새 분별력이 있어
좋은 것은 마음의 동요를 얻지만
삶의 요동을 감수하며 사는 게 사랑이다

바다

해변에 서면 허파 숨 쉬듯 출렁이는 물결
바다도 숨을 쉰다

수온이 올라 적조와 녹조가 덮일 때
폭풍을 몰고 와 산과 들을 깎아
붉은 향토 물로 잠재운다

넓어서 바다인가
모든 덜 받아주니 바다인가

지금껏 소금기와 얼음이 방패가 됐지만
감당 못 할 것들이 들어오면 열이 쌓여
선이 악으로 변한다

하늘의 DNA가 바다에도 있고
우리들 속에도 있다

물의 등에 업혀 살아가는 인생들아
곡간에 쌓아둔 빙하가 녹고

물이 오염되면 재앙을 피할 것 같으냐

바다가 죽는다면 지구도 끝장이다

설날 풍경

작년에 왔던 눈비 올해도 내리는 구나

작년에도 새해 올해도 내년에도 새해
새해란 우려먹고 되새김 하는 날인가

신정도 쇠고 구정도 쇠니
서양보다 한 살 많다고 줄이라 한다

비야 눈아 내려라
흠뻑 펑펑 내려라

봄은 남쪽에서 달려오고
동장군과 봄 처녀 입맞춤하니
쌍두 들어 환영하는 지구촌

세뱃돈 안 줘도 좋으니
새해 복 많이 받으세요

박가연(이하 박): 안녕하세요. 선생님.

이향용(이하 이): 안녕하세요. 반갑습니다.

박: 저도 반갑습니다. 선생님께서 못 오셔서 아쉽네요. 대면 인터뷰로 진행했으면 더 좋았을 텐데요.

이: 이렇게 전화라도 해주시니 감사합니다.

박: 네, 선생님. 제 이름은 박가연입니다.

이: 박가연, 좋은 이름이네요.

박: 감사합니다. 선생님 성함도 멋지세요.

이: 제 이름은 대한민국에서 동그라미가 가장 많은 사람이에요.

박: (웃음) 선생님의 시 잘 읽었습니다. 저는 특히 시에서 물과 연결된 점이 많다는 게 인상 깊었는데요, 물과

생명에 대해서 오래 고민한 흔적이 고스란히 저에게까지 전달되었습니다. 선생님께서는 평소 물에 대해서 사유를 많이 하시는지 궁금했습니다. 그래서 선생님에 대해 더욱 궁금했습니다.

이: 나이를 먹다 보니까 자연의 이치를 생각하게 되었어요. 그래서 쓴 시입니다. 우리 몸에 오장육부가 있다면 오대양 육대주가 있고, 우리 몸에 삼 분의 이가 물이잖아요. 지구의 물도 마찬가지고. 지구의 흙이라면 사람의 살과 같고, 뼈라면 바위 같고, 용암이 있다면 우리 몸에 피 같습니다. 창조주를 생각하면서 쓴 글들이에요. 전부. 나이를 먹다 보니까 그런 것들이 눈에 들어왔습니다. 모든 이치가 창조주, 섭리자에 의해 움직인다는 것을 볼 수 있었습니다.

박: 아주 무게감 있는 사유를 녹여내셨네요. 선생님이 어떤 분이신지 궁금한데요, 자기소개 한번 부탁드리겠습니다.

이: 제 고향은 전라남도 나주고 나이는 79세인데, 내가 하는 이야기들은 다른 사람과 생각하는 면은 다른 면이 많아요. 나에게는 특별히 배울 점이라면 다른 것은 없고, 자연의 이치와 사람의 이치는 섭리자와 창조주에 의해서 돌아가고 있다는 내용이죠. 사람마다 생각이 다르겠지만 우리 몸의 이치와 지구의 구조는 거의 비슷하

잖아요. 사람을 작은 우주라고 이야기하는데, 그런 식으로 모든 것이 내 생각이 통일되어 있어요.

박: 조금 뜬금없지만 말씀 들으면서 무슨 띠신지 궁금해졌어요. 79세시면 무슨 띠세요?

이: 79세는 개띠입니다. 그런데 나는 누가 띠에 대해서 물어보면 웃어요. 그러곤 가죽띠, 허리띠라고 대답하거든요. 띠라는 것이 불교의 십이지에서 나오는 이야기예요. 저는 기독교라 그것과는 거리를 두는 편이지요.

박: 시에 대해 이야기를 더 나눠보고 싶어요. 선생님께서 우리 몸에 오장육부가 있고 물이 삼 분의 이가 물인 것처럼 첫 번째 시에서도 자연 시가 등장합니다. 이 시를 읽으면서 하나의 순환 같기도 했어요. 그래서 선생님께서는 자연은 어떤 의미라고 생각하시나요?

이: 자연은 창조자와 섭리자에 의해서 모든 것이 창조되고 그대로 돌아간다고 생각해요. 나는 시작이 있으면 끝이 있다는 것, 처음에 창조주가 창조했지만 돌아가는 모든 내용을 보고 성경을 보면 이 세상에 끝이 있다는 것, 부활에 참여한 자가 있고 참여하지 못한 자가 있다는 것을 말하고 싶어요. 종교도 유교가 있고 불교가 있잖아요. 여기서 한마디 더 하자면, 석가모니 태어날 때 넷째 왕자로 태어났어요. 그가 남자인지 여자인지도 몰

랐어요. 호화로운 왕궁 생활을 하다 보니까 왕궁 생활을 하면서 생로병사 이야기 들어보셨죠? 여기에 부딪혔어요. 인도라는 사회는 노예 계급이 있고 평민 계급이 있고 귀족이 있고 마지막에 승려 계급이 있어요. 예를 들어 노예 계급은 평민 계급이 되려고 그러고 귀족 계급은 승려 계급이 되려는 과정을 거칠 거 아니에요? 귀족 계급에서 태어난 석가모니는 승려 계급으로 가는 도중에 보리수나무 밑에서 육 년간 돌을 닦다가 부처가 되는 과정이에요. 나는 그래요. 전도가 될 줄도 모르겠지만 기독교인이니까 이야기할게요. 또 예를 들어서 석가모니는 태어날 때부터 암시가 없었어요. 그러나 예수는 태어나기 이천 년 전부터 처녀 몸에서 태어날 것이라든지, 모든 사람을 구원하기 위해서 십자가에 못 박혀 죽을 거라는지, 또 죽은 지 사흘 만에 부활할 거라든지, 마지막으로 재림하고 돌아올 거라고 예언이 되어 있어요. 다른 종교는 뿌리가 없지만 기독교는 뿌리가 있다는 것이죠. 우리 집안은 원래 불교였는데 나 때문에 예수를 믿게 되었어요. 실제로 부딪혀 보고 무당과 대결도 해보았어요. 나중에는 집안 사람들이 예수를 믿게 되었어요. 나는 기독교인이라는 말은 해도 다른 거는 이야기 하고 싶지 않아요.

박: 네, 기독교의 세계관이 잘 녹아든 시였네요. 두 번째 시 「소풍」에서 "마지막 정류장 요양원은 그냥 지나쳤으면 좋겠다"를 읽고 한참이나 머뭇거렸어요. 이 부분을

쓰실 때 어떤 마음이셨는지 궁금합니다.

이: 지금 학생은 아직 젊으니까 이런 생각은 못 해봤겠지만 우리들 세계에서는 세상 쪽보다 위에 쪽을 생각하게 돼요. 지금은 부모 공경 사상도 사라지고 노인네들이 너무 허무하게 마지막에 고려장처럼 요양원에 들어가요. 마지막 정류장처럼요. 아직 저는 요양원과 거리가 멀지만 노인네들의 애환을 이야기하고 싶었어요. 그러나 그 속에서도 희망을 주고 싶어 별을 보라고 썼어요. 별을 보게 되면 어떤 애환도 다 이길 수 있고 우리가 앞으로 들어가야 할 세계가 따로 있다는 것이죠.

박: 그럼 별은 희망 같은 존재인가요?

이: 별을 보게 되면, 이런 생각을 할 수밖에 없어요. 관상용이 아니라 옛날부터 성경에서도 별과 같이 이야기하는 것을 보면 하나님이 맹목적으로 만들지는 않았다는 거예요.

박: 단순이 관상용이 아니라는 것.

이: 섭리자와 창조자의 뜻이 있다는 내용이에요.

박: 세 번째 시 「설날 풍경」을 읽고 저는 작년 설의 날씨가 어땠는지 기억을 못 하는데 선생님께서는 작년 설의

날씨도 기억하고 계셔서 읽으면서 깜짝 놀랐어요. 기억하게 된 계기가 있을까요?

이: 설날 날씨를 기억하기보다는 모든 돌아가는 것은 겨울에는 눈이 오고 겨울이 지나면 비가 오고 모든 이치가 같다는 거죠. 설날이라는 것이 모든 만물이 새봄이 오면 새봄 첫날이 오면 첫날이라고 하기 때문에 아무런 변화 없이 봄을 맞이하고 설날을 맞이하면 의미 없이 나이를 먹는 건 우려먹는 것이라고 생각해요.

박: 그런 심오한 뜻이 있었군요. 말씀 감사합니다. 저 역시 사랑만 떠오르면 마음이 간지럽고 말랑말랑해져요. 네 번째 시 「사랑」에서 누군가를 상정하고 쓰신 걸까요?

이: 사랑이라는 것은 인간적인 아가페 사랑, 필로스, 에로스 사랑 등이 있겠지만, 사랑이라는 것은 누구나 사랑으로 만물도 느끼지 못하고 사랑으로 태어나고 사랑으로 져가고 사람도 똑같아요. 그러면 사랑으로 지어졌으면 이 세상을 살다 보니까 사랑이 창고에 밀폐 되어 버렸다고 생각해요. 밀폐된 문을 열고 사랑을 끄집어낼 수 있는 사람은 없어서 세상에 안 되는 사람이에요. 사물 원리를 생각하면서 쓴 시예요. 사랑에서 특별히 어떤 것을 느낀다면 내가 세 가지의 어떤 사람인지 생각해 본 시예요. 태어나서는 안 될 사람, 태어나야 했던 사람, 있으나 마나 한 사람. 이 세 종류의 사람을 보면서 글을 썼

어요. 우리가 어떤 사람을 소개하는가에 관련이 있어요.

박: 다섯 번째 시에서는 다시 '물'과 '생명'에 연관된 시가 등장합니다. 선생님께 물은 어떤 의미인지 궁금합니다.

이: 물은 어떤 몸에 생명과 같은, 갖고 있으면 안 되고 흘러야 하는 것이요. 사랑 감정 든 흘러가야 하는 것, 흘러가면서 진화하는 것, 이런 내용이에요.

박: 그렇군요. 그렇다면 선생님께 불은 어떤 의미인지 궁금합니다.

이: 제가 생각하는 불은요, 이 세상에 불이 많지만 내 몸에 이로운 불과 해로운 불이 있습니다. 불이라는 것이 좋기는 하지만 있다면 적당하게 있어야 한다고 생각해요. 넘쳐나도 안 되고 모자라도 안 되고.

박: 불이랑 아까 선생님께서 말씀해 주신 사랑이랑 비슷한 듯싶어요. 뼈는 바위라고 하셨는데 이에 대한 의미는 무엇일까요?

이: 이렇게 보면 몸의 구조고 몸의 구조, 지구의 구조라고 했을 때 맞다는 뜻이죠. 섭리자, 창조주가 있다는 것이에요. 결국에는 섭리자의 뜻대로 변화된 삶을 살 수 있다는 것이에요.

박: 깊은 의미가 있네요. 선생님께서 이 시들을 추리면서 특히 어떤 시에 더 애착이 갔는지 궁금합니다.

이: 나는 특별히 말한다면 태어나서 안 될 사람인가, 있으나 마나 한 사람인가, 없으면 안 되는 사람인가, 들을 적은 글들이에요.

박: 그렇다면 특별히 하나의 시는 없고 시를 관통하는 내용이 좋다는 것인가요?

이: 맞습니다.

박: 선생님께서는 문학을 어떻게 정의하고 계신지 궁금해요.

이: 문학이란, 글쎄요, 제가 문학에 대해서 깊이 공부한 사람이 아닌데, 그래도 말해보자면, 문학은 기계에 칠하는 기름과 같은 게 아닌가 싶어요. 문학이 없다면 세상이 FM처럼 딱딱 정해지는 대로만 돌아갈 텐데, 그 어느 사이와 사이에 문학이 들어가서 윤활유와 같은 역할을 해주지요. 삶에 온기를 불어넣어 주고, 거친 것을 부드럽게 만들어줘요. 말하자면 문학은 영혼의 대화인 셈이에요. 그런 진솔하고 따뜻한 대화를 통해 우리가 함께 살아가기 위해 간직하고 지켜나가야 할 가치관 같은 게 형성되기도 하죠.

박: 제가 문예창작을 전공하고 있어서 문학은 영혼의 대화라는 선생님의 말씀이 가슴 깊이 새겨지는 것 같습니다. 마지막 질문인데요. 선생님께서는 앞으로 어떤 삶을 살고자 하시는지 여쭤보고 싶습니다.

이: 삶은 모든 만물을 보면서 창조자를 찾는 것, 섭리자를 찾는 것이에요. 창조자의 섭리 안에서 이루어지는 것이 삶이라고 생각해요. 그러니 내가 내 삶을 어떻게 가꾸겠다 하는 목적이나 욕심은 무의미해요. 오직 그 깊은 뜻을 올바르게 알고 따르겠다는 의지만이 남죠.

박: 선생님 말씀을 들으니 제 질문이 부끄러워지면서 덕분에 저의 이번 삶에 대해서 생각해 볼 수 있는 좋은 계기가 될 듯싶습니다. 선생님 시들 소중하고 감사하게 잘 읽었습니다. 직접 뵙고 말씀 나눴으면 좋았을 텐데 아쉽습니다.

이: 그랬다면 좋았을 텐데 제가 등산을 와버렸네요. 그래도 무척 반가웠습니다.

박: 선생님 등산 잘 다녀오시고 오늘 귀한 시간 내주셔서 감사합니다.

이: 네, 가연 학생도 수고했어요.

한창순

시인.
성동노인종합복지관 시와 수필반 회원

석류
천사의 나팔꽃
운동화

| 시인 인터뷰_최연우 |

석류

한여름엔 귀엽고 예쁜 다홍색 꽃
열매 맺어 조랑조랑
가을 되니 석류 열매 야무지게 여물어
바깥 세상 궁금한가
활짝 터지고 말았네
알알이 빠알간 보석인 양
반짝이는 고운 구슬 정겹게도 가득하네

천사의 나팔꽃

천사의 마음같이 아름답고 귀한 천사의 나팔꽃
다소곳이 머리 숙여 미소 짓는 겸손한 자태
자기 키가 제일 크고 큰 꽃이 화려하다고
뽐냄 없이 내면의 아름다움을 지닌
천사의 나팔꽃을 닮고 싶다

운동화

창 너머 건너집 옥상
빨랫줄에 대롱대롱 펭귄 한 쌍
바람 부는 대로 빙글 빙글
머나먼 남극에서 어찌 왔을까?
빨랫줄 새로 보니 검정 끈에 매달린
운동화 한 켤레 검정 하양 노랑이
색 팽이 되어 빙그르 남극 펭귄 만들고 있네!

최연우(이하 최): 안녕하세요, 선생님. 이렇게 만나 뵙게 되어 반갑습니다. 먼저 간단하게 자기소개 한번 부탁드릴까요?

한창순(이하 한): 한창순이라고 합니다. 어렸을 때는 친정집이 가난해서 공부를 못 했어요. 그래서 초등학교밖에 못 나와서 배우는 게 한이 됐어요. 결혼하고서 4년제 야간 중고등학교를 다녔어요. 상록중고등학교라는 데가 있었죠. 동대문구에. 거기를 다녀도 배우고 싶고 부족한 게 많아서 여기 복지관을 오게 됐어요. 근데 오다 보니까 또 이런 시와 수필반이 있어서 나는 한번 해봐도 되지 않을까? 싶은 마음에 그냥 한 거예요. 시를 잘 써서 그러는 것도 아니고 배우고자.

최: 시를 잘 써서 그러는 게 아니시라고 하기엔 보통은 지나쳐 가는 일상을 발견해내고 그것을 글에 담아내는 일이 쉽지 않잖아요. 선생님은 그걸 해내고 계신 거고요.

한: 이 시와 수필반에 있으면서 시를 쓰게 되니까, 써야 되니까. 숙제로 하든 뭘 하든 내가 쓰고 싶을 때 써야

되니까요. 그러다 보니 사물을 자세히 보게 되고 그냥 지나치질 않게 되더라고요.

최: 선생님의 첫 번째 시, 「석류」에서도 그게 드러난 것 같아요. 이 시에 대해 설명해 주실 수 있나요?

한: 처음에 꽃이 펴야 열매가 맺잖아요. 그래서 꽃이 폈을 땐 다홍색 꽃이 예뻤다가 가을에는 그 열매가 익어서 매달린 게 너무 예쁘더라고요. 그걸 시에다 느낌대로 옮긴 거예요. 아무 데서나 흔히 볼 수 있는 건 아니거든요. 근데 하루 딱 보니까 감이 오는 거죠.

최: 그냥 꽃이 피면 당연히 열매가 맺겠거니 하는데, 선생님의 시를 보면 생생하게 그려지는 것 같았어요. 저희 할머니 할아버지께서도 집에서 꽃 키우는 걸 좋아하시거든요.

한: 제가 화분 키우는 걸 또 너무 좋아해요. 그래서 식물한테 관심이 많이 가요.

최: 그렇군요. 일상에서 찾는 발견이 많으신 것 같아요. 그러면 혹시 영감을 받는 부분이 따로 있나요? 예를 들어, 버스가 지나갈 때 흩날리는 꽃 같은 거요.

한: 그런 건 아니고 그냥 딱 눈에 띌 때가 있죠. 저거는

글로 남기면 좋겠다. 이런 감이 와서 쓰는 거예요. 「운동화」, 이것도 우리 집에 2층이었을 때, 건넛집 옥상에 보이는 데라 무심코 앉아 있을 때 뭔지 모르겠지만 빙글빙글 돌아가는 게 꼭 펭귄이 매달려 있는 것 같더라고요. 그런 걸 글로 옮긴 거죠.

최: 글로 남았을 때 확실한 인상을 주는 게 되게 좋더라고요. 그럼 어린 시절을 추억하시면 어떤 게 가장 먼저 떠오르세요?

한: 농사짓는 시골에서 태어나서, 화분 같은 걸 아직도 잘 가꿔요. 시골에서 농사를 지었기 때문에 옛날 기본적으로 짓던 농사법은 다 알죠. 그렇기 때문에 식물도 자세히 보게 되고 관심 있게 보게 돼요.

최: 저도 시골에 살고 있는데, 선생님 말씀 들으니 그중에서도 무언가를 찾아낸다는 게 좋은 것 같아요. 「천사의 나팔꽃」도 그렇고요. 이 시에 대한 말씀을 부탁드릴게요.

한: 그냥 나팔꽃이 아니라, 천사의 나팔꽃이라고 이렇게 큰 꽃이 따로 있어요. 호박꽃을 거꾸로 달아 놓은 것처럼 알로만 피더라고요. 키 크다고 자기가 자랑스럽게 '나 좀 봐라' 식으로 피는 게 아니라, 다소곳이 내려서 피는 자태가 아름답다고 느꼈어요.

최: 해바라기는 '날 좀 봐' 하면서 피는데, 그 꽃은 아닌가 봐요.

한: 아유 맞아요. 그래서 이런 시가 나온 거죠. 자기를 뽐내지도 않고 다소곳이 있는 모습을 보고 마음 씀씀이를 배우고 싶다. 이렇게까지 느낀 거예요.

최: 그렇다면 이 3개의 시 중에서 소중한 사람에게 선물하고 싶다고 생각하시는 시가 있다면요? 그 이유나 덧붙이시고 싶은 말씀이 무엇일지도 궁금해요.

한: 「천사의 나팔꽃」일 것 같아요. 내 마음이 들어간. 덧붙이는 것 없이 그대로 둘 것 같네요. 시는 길게 쓴다고 좋고 그런 게 아니니까요.

최: 제 생각에도 담담하게 나의 마음을 전하기에는 이 시가 가장 좋을 것 같아요. 선생님께서 지금까지 여러 가지 선택을 하면서 지내오셨을 거잖아요. 그럼 이 선택은 제일 잘했다, 아니면 이 선택을 하지 않았다면 더 나았겠다고 생각하시는 일 있을까요? 예를 들어 시를 쓰게 된 것처럼요.

한: 야간 학교를 다닌 것이 최고 잘한 거라 생각해요. 복지관에서 시와 수필반에 든 것도 잘한 거고. 제가 무언가를 배우고 싶다는 꿈을 못 이루고 있었는데, 요즘

은 항상 배우고 있죠. 야간으로 살림 다 해 가며 볼일 다 보고, 학교를 다닌다는 게 쉬운 일은 아닌데 목적이 있으니 그것을 향해서 가는 거죠.

최: 그렇죠. 목적, 목표가 있다는 것 자체가 활력을 불어 넣어 주니까요.

한: 그래서 대학 갈 꿈도 꿨었는데 건강 상태 때문에 포기했어요. 건강이 허락하질 않아서…… 야간 학교에서는 수석은 아니더라도 시험도 잘 보고 성적도 좋았으니 아쉽죠. 졸업할 때는 한 명만 대표로 나가서 낭독하는 자리에 섰기도 했으니. 그때 사람들 앞에서 읽은 글이 집에 아직 있어요.

최: 나중에 한번 기회가 된다면 꼭 보고 싶어요. 단 한 명에게 주어지는 자리에 설 정도라니, 궁금해지는데요.

한: 그럼요, 그게 뭐 어려운 건가.

최: 감사합니다. 그럼 그 학교에서의 기억 중에서 가장 인상 깊으신 부분이 있으신가요?

한: 결국 같이 배운 친구들이 제일 남는 것 같더라고요. 지식을 쌓으면 얼마나 쌓을 거야. 그 선생님들과 동료들과 같이 4년 생활한 게 추억으로 많이 남고, 지금도 만

나면 반갑고 그렇죠. 안 다녔어 봐, 그 친구들이 어디서 생겨요. 같은 마음으로, 같은 뜻으로 모이시는 분들이 항상 반갑고 친근하고 그런 거죠. 관계, 사람 관계를 제가 가장 중요하게 생각해요. 이런 학생들도 만나고. 집에만 가만히 있으면 누가 찾아오겠어요.

최: 그러면 선생님께서 가장 좋아하시는 분이 계실까요. 절친이라는 존재요.

한: 제일 좋아하는 절친. 그냥 절친이라고 할 건 없지만, 제일 터놓기 좋고 제일 어렵지 않은 친구는 역시 초등학교 친구.

최: 초등학교 친구분들과 아직도 소식을 주고 받으시는 거예요? 저는 지금도 연락을 안 하고 있는데…… 그럼 다 알고 계시겠어요. 하나부터 열까지.

한: 그렇지. 지금 모이면 스물댓 명 정도겠네요. 제일 어렵지 않죠. 지금 세대는 다 공부를 하니까 그럴 거야. 우리 세대는 초등학교 졸업하고 못 했거든. 그 당시에는 친구들밖에 없지. 그 친구들이 가장 소중하죠. 시집가서, 물리적으로 멀어져서 자주 만나진 못해도 어릴 때 만나던 친구들하고는 또 다르니까요.

최: 그런 관계를 유지하는 인간관계 팁이 있어요? 오랜

기간 연결되어 있는 거니까요. 저는 무언가 바쁘다는 핑계를 대게 되더라고요.

한: 그럼, 서로 좋게 지내는 게 좋지. 이해하고. 시간이 안 되면 어쩔 수 없지만, 내가 좋아하는 관계라면 할 일 제치고 나가서 만나고 해야지. 가장 소중하게 생각하는 건 관계예요. 어디 가도 다시 만나게 될 수 있으니까요. 사람하고 틀어지면 안 돼.

최: 그런 관계 중에서도 사랑이 드러날 선생님의 얘기가 갑자기 궁금해졌어요. 따듯한 사랑을 나누셨을 것 같아요.

한: 사랑할 새가 어딨어요. 시골에서 농사짓는데. 맨날 엄마 아버지 농사짓는데 그거 거들어야죠. 공부는 그때도 하려고 했지만, 여건이 안 맞아서 못 했죠. 그러다가 결혼하고서, 시집가서 자녀들 어느 정도 결혼시키고, 내 생활 여유가 된다 싶어졌을 때 63세 때 시작했죠.

최: 그럼 사랑이란 감정을 느끼실 땐 언제였어요? 사랑, 사랑스러움도 좋고요.

한: 사랑스러운 거라…… 관계에서 사랑은 잘 못 느껴요. 그저 서로 믿는 거죠. 평생 부부가 만나면 사랑 이전에 믿음이 제일이지. 서로를 믿는 것.

최: 그게 제일 힘든 것 같아요. 그럼 아끼시는 게 있으세요?

한: 아끼는 거. 모든 걸 다 아끼지. 우리는 헤프지 않아. 너무 알뜰해서 걱정이야. 내 손으로 만든 건 아끼고 두고 보고 싶은 마음은 있네요.

최: 만드시는 거 좋아하세요?

한: 바느질 같은 거요. 옛날에 우리 어렸을 때는 길게 뻗는 잎들을 엮어서 만드는 걸 자주 했어요. 바구니도 만들고, 말려서 끈으로 엮고.

최: 손재주가 엄청 좋으신가 봐요. 손재주도 좋으시고, 시도 쓰시고. 이것저것 다 하려면 바쁘지 않으세요?

한: 지금도 시간만 나면 뭐라도 해요. 어릴 때 기억으로 하는 거죠.

최: 아끼는 마음이 잇따른 것 같아요. 믿음으로 부부관계를 지키고……

한: 우리 자녀가 몇 명인지 안 궁금해요?

최: 궁금해요. 몇 분이 계세요?

한: 자랑은 아니지만, 우리가 열 식구 살았어요. 어머니 모시고, 우리 부부하고, 자녀가 7명. 딸만 계속 낳다 보니까 아들 낳을 때까지 낳으라고 하셔서 일곱째가 아들, 막내죠. 그래도 자식들 다 대학 보내고, 선생, 화가에 다 있으니까. 할 도리는 다 하고 이제 내 일하고 있는 거죠.

최: 훨씬 즐기셔도 될 것 같은데요. 대단한 일을 하셨네요.

한: 그러니까 이제 애들도 불만 없죠. 엄마 아버지가 그렇게 고생 많이 해서 가르치고, 열심히 살았으니까.

최: 저는 가족이 되게 적어서 대가족을 보면 부러울 때가 많았어요. 누구에게 도움을 청해도 되고, 그만큼 긴밀한 사이가 많다는 거니까요. 그러면 편지도 종종 쓰세요?

한: 옛날에는 군대 가도 위문 편지 이런 걸 몇 번 썼었지. 편지를 해야 소식을 알 수 있던 시절에. 근데 지금은 안 쓰게 되더라고요.

최: 만약, 편지를 딱 한 분에게만 보낼 수 있다면 어떤 분께 보내고 싶으세요? 어떤 내용으로 채우고 싶으신지도 궁금해요.

한: 편지…… 저와 가장 가깝게 지내는 형님께 보낼 것 같네요. 항상 감사하는 마음으로.

최: 그분은 어떤 분이에요?

한: 제가 종로가서 12년을 살고, 동대문구로 이사를 왔을 때 딱 만났어요. 나 보고 형님이라 그래라고 하시더라고요. 나보다 열 살 위인 분이신데 나를 언제 봤다고 형님이라 그러나, 나를 좋게 보셨나 싶더라고요. 연세도 나보다 열 살 위시고 아주 건강하시고 그러니까 늘 형님 형님 하는데, 그만큼 잘해 주시니 나도 또 잘할 수밖에 없더라고요. 편지를 한 번도 부쳐 보진 못했어요. 마음으로는 항상 써도. '형님은 나의 진정한 형님이 되어주셔서 너무 고맙습니다.'고 적을 것 같네요. 우리 때에는 다 비슷하게 살았으니 얘기할 거리도 많았고……

최: 확실히 어른이 되어가면 나이 차이는 중요한 게 아닌 것 같아요. 마음을 나눈다는 게 중요한 거지. 실례가 안 된다면, 선생님 연세 여쭤봐도 될까요?

한: 47년생이에요. 어느새 나이가 이렇게 됐는지 모르겠네요.

최: 웃으실 때나, 글로 적어 내리시는 것들을 보면 다 곱고 젊으시다고 느껴요.

한: 마음은 젊게 사는지 몰라도, 외모를 가꾸거나 뭐 그럴 새도 없이 사니까, 마음만은 젊게 살고 있죠.

최: 요새 사람들이 감정이 메말라서 꽃을 봐도 별생각을 안 해요. 상상만 해서는 안 나오는 것들이요. 원래 직접 경험한 것에서 더 진심이 담기기 마련이잖아요. 그렇다면 또 한 편의 시를 쓰시게 된다면 이번엔 무엇에 집중해서 보실 것 같아요?

한: 거창하지 않게, 간단하지만 솔직하고 진실적인 시를 쓸 것 같은데요. 요즘 머리가 복잡해서 시를 통 안 쓰게 됐어요. 가을, 풍성함과 수확의 계절이라는 것을 살려서 쓰고 싶네요.

최: 벌써 시간이 다 돼가네요. 선생님의 좋은 말씀 듣고 있어서 그런가 시간이 무척 빨리 간다고 느껴져요. 마지막 질문으로, 선생님의 삶에서 문학이 얼마나 차지하는지, 아니면 어떤 의미로 다가오는지 여쭤볼게요.

한: 글쎄요. 글을 쓰기가 좀 쉬운 거는 아니죠. 그런데 이런 문학반에 들어옴으로써 쓰게 되니까. 무언가를 느끼게 되고, 느낀 대로 쓰게 되고. 그렇게 되는 거죠. 이제 얼마나 잘 쓰느냐 못 쓰느냐를 떠나서 자꾸 써야 되는데 크게 쉽지는 않네요. 옛날에는 일기를 매일 써 버릇했던 게 도움이 많이 되는 것 같은데, 지금은 일기도

안 쓰게 되더라고요. 자꾸 속상한 일이 있으니까, 속상한 얘기 써 놓으면 뭐 하겠나 싶기도 하고요. 물론 좋은 일이고, 안 좋은 일이고 그날그날 쓰는 게 원칙이라 생각이 드니까 쓰려고 노력은 하고 있어요.

최: 무슨 생각이 선생님 머릿속을 자꾸 어지럽히는 거예요?

한: 생각이 많은 게 아니라, 이제 나이가 그렇게 되어 가요. 나이가. 나이가 들어간다는 게 나뿐이 아니라 남편이 다섯 살 위거든. 늙어가면서 없는 병도 생기고 병원에 자주 가야 되고. 그걸 다 눈으로 보면서 또 대처를 해야 되니까. 나도 이제 그런 시기가 오지 않을까 싶어요. 안 좋은 게 아니라 서글픈 거죠. 눈물이 나올 순간이 자꾸 오니까 마음이 편안하지를 않네요. 그래도 나는 나대로 여기 와서 공부하고, 시도 쓰고. 세월을 잘 보내야지요.

최: 마지막에 괜히 얘기를 꺼내서 분위기를 무겁게 만든 건 아닌가 모르겠습니다. 이제 시간이 다 되어서 마무리 지어야 할 것 같아요. 해주신 예쁜 말씀들 잘 담아서 정리할게요. 시간 내어 주셔서 감사합니다.

한: 얘기 들어보니까 잘할 것 같아요. 고생하셨어요.

한양여자대학교 문예창작과 졸업 시인

이인혜
전수빈

우리는 영원해

이인혜

잡고 있는 손에 어둠이 찾아오면
저 가로등 아래 눕자고 말했던 그 밤은
아직 유효해?

눅눅한 발자국이 모여 물웅덩이를 만들면
너는 걸음을 멈추고
잠시 잠겨있자고 말했고

파도 섞인 바람이 난간을 넘지 못해서
그곳은 우리의 세상이 되었어

우리가 연인인 나날은 무한할 거라
확신에 찬 듯 말해도
진심은 해수에 섞여 흘러갔지

다만 우리는 감상적이어서
서로의 이름을 머금고 있어도
내뱉지 않아 영원하다고 믿었는데

그 밤은 소리를 죽이고 고요하게 지나갔고
그건 애써 외면했던 재난이었어
밤새 잠겨 있던 물웅덩이도
사실은 금이 간 수조 속이었어

목젖 사이에 맴돌던 이름은 곪아서
혀 안에 여전히 고여 있어

그래도 우리는 영원해

하울링

꿈이었어

베란다 창에 붙은 매미를 앞에 두고
혀를 내밀고 쓰러진 너를 내려다보는

끝이 보이는 몸부림
주변은 시끄러웠는데

새벽 네 시에 두 눈을 부릅뜨고 내 숨소리를 듣던 네게
왜 시간은 세 갈래로 흐르냐고 묻는 대신
일 초마다 입을 맞췄다
이것도 하나의 시간이라면

네 심장의 위치를 가늠하다가
그걸 내가 쥐고 있지 않아 다행이라고 생각했다
나는 너무 쉽게 손뼉을 치는 사람이었으니까

시간이야

식은땀이 나는 얼굴을 냉동실에 넣어두고 숨을 참았다
숨을 참다가 한계라는 걸 깨닫고
너를 깨울 일이 두 번 다시 생기지 않을 거란 사실에 조금 울다가
삼 일 내내 울다가
더는 기억하지 않기로 했다

오랜 잠이었나보다

베란다에 눕자 해가 기울었다
타들어가는 귓불의 소리를 듣다가
처음 느껴보는 감정이 나에게도 있었다고 말한 다음에
눈을 감고 너의 울음으로 태어나기로 했다

꿈이 아니라면

늦가을 오후 두 시 구 분

사선으로 조각난 손거울을 주웠다고 했다
횡단보도 앞에서
너는 나를 만나러 오는 길이었다

늦가을 오후 두 시 구 분에
빠르게 기우는 햇빛이 거울에 닿아서
스물다섯 갈래로 으스러졌다고 했다
네가 입고 있던 인조 가죽 재킷이
네가 전날 밤에 꿨던 꿈이
네가

너는 손거울을 쥐고
횡단보고를 건넜다고 했다
파란불이 켜지기 이 초 전에

그러지마 큰일 난다니까 늘 주변을 보라고
주변을 봐도 다치는 건 너겠지만
안 본다면 너는 내게 얘기해줄 수 없잖아
지난밤에 네가 너를 봤다던

매몰차게 내쫓았다던 그 꿈에 대해서

망가졌다 언니
근데 그 편이 좋아
네가 사선으로 조각난 손거울을 분지른다
더 이상 무언가를 비추지 못하는 아주 작은 유리 알갱이들이
네 손가락 지문 사이로
낡은 탁자의 나뭇결 사이로
바닥으로 스러지고

제일 큰 조각을 언니에게 줄게
네 검지손가락이 빛나고 있다

봐봐
뭐가 보여?

립스틱이 엇나간 입술이
빨갛게 달아오른 손끝이

작은 조각을 들고 너를 보는 네가

다시
다시 봐

립스틱이 엇나간 입술이
지나간 스물다섯 생일에 받은 빛에 산화된 목걸이가
밖에서 안으로 문을 두드리는
내가

내가 가진 조각을 부수고
깨진 것 중에 제일 큰 조각을 네게 주었다

주운 건 나였지만
언니 우리는 같은 조각을 나눴다 그치
이걸 손에 쥐고 가자
여기서 나가면
다치겠지만

망가져도
같이 망가지는 편이 좋잖아
평생 상처가 남을 거라면

너는 쓸모가 없어진 조각 중에 제일 큰 것을 들고 히히 웃었다
거울 주변에 떨어진 파편을 모아 주머니에 넣으면서 시계를 봤더니
늦가을 오후 두 시 구 분이었다

이인혜 한양여자대학교 문예창작학과를 졸업했다. 하고 싶은 말을 하는 데에 시간이 걸려 글을 쓰기 시작했다. 우연히 길고양이를 마주치는 일을 하루의 행운으로 여기고 있다.

묘비 공동체

전수빈

묘비 관리자인 그는 안과 밖의 대변인
어울리지 않는 둘을 모두 갖기에 충분했다
그것이 그가 가진 가장 중요한 자격

오늘 아침으로 어제와 같은 빵을 먹었다
옆 사람과 동일한 식사를 했다

식도를 따라 꾸역꾸역 들어가던 빵이 밖으로 다시 튀어나오면

안과 밖이 어지러이 뒤섞인다
그럴수록 그가 관리하는 묘비의 경계는 사라지고
그가 가진 건 아직 돌이 되지 않은 살덩이와
삼킨 적 없는 이름들

그가 처음 묘비 관리인이 되었을 때
침묵하던 숲에서 울린 종성을 들은 적 있다
걸음을 옮기면
까마귀의 사체가 길마다 널려 있고

도달인지 추락인지 영원히 알 수 없겠지만

그가 숲을 걸을 때마다
우후죽순 생겨나는 묘비들

둥둥 떠다니는 그의 얼굴이 점차 하얘지면
집 안에 모여 저녁 식사를 즐기는 유령들이 늘어난다
얼굴조차 기억나지 않는 할머니, 언제나 그를 마중 나오던 흰 개, 이름 없는 여동생이
묘비 언덕에 둘러앉아 있고

그가 따를 수 있는 방향은 없으므로
그는 안과 밖이 만나는 유일한 담이 되기로 한다

그에게 남은 단 하나의 묘비,

생과 사가 구분된 모든 것들이 그의 곁으로 달라붙기 시작한다

Da Capo

제임스는 끊임없이 대체되었다 무언가 복제된 듯이

그의 집은 모두에게 공유되는 공간

그는 강아지에게 더 많은 밥을 제공해야 하고
그의 식사가 몇 번째인지 알지 못한다
퀘스트가 적힌 쪽지가 전달되면 그는 명령을 위해 살아야 하니까

진열장에 가지런히 정리된 토스트를 하나씩 꺼내어 먹는 아침
토스트는 아무리 먹어도 줄어들지 않는다

제임스는 그의 애인과 계속해서 암호를 주고받지만
애인을 사랑한다고 생각한 적 없지

그건 제임스가 지켜야 할 규칙
그는 애인의 얼굴을 본 적 없고 누군가를 사랑한 적도 없다

그의 강아지 맥스는 마당에서 잠을 잘 것이다 부자연스러운 각도로
잠에서 깨면 맥스가 또다시 생겨나고
제임스는 이전에 있었던 자신들을 세어보겠지
그럴수록 그가 보고 있는 건 이미 죽은 여러 개의 맥스

탕, 탕
천둥이 울리고 누군가 욕을 내뱉을 때마다 맥스는 자꾸만 죽었다
맥스가 죽어도 제임스는 슬퍼하지 않는다
첫 번째 맥스가 죽으면 두 번째 맥스를 데려오면 되니까

제임스는 이전 플레이에 살던 몇 개의 맥스를 상상한다
일정한 간격으로 짖어대는 맥스
정해진 시간에만 밥을 먹는 맥스
안아주자마자 사라지는 맥스

상점에서는 누구나 같은 힌트를 샀다
상점 주인에게 제임스는 몇 번째 손님인지 예측할 수 없고
힌트에 작게 덧붙인 안내 문구

***

처음으로 돌아가시겠습니까?

그는 자신의 다음에 있을 제임스와 맥스를 상상한다

옆집에서는 새로운 이웃이 짐을 나르고 있다
당신의 이름은 제임스입니까?
이웃의 짐이 늘어날수록 제임스는 모든 행동이 금지되었다

그가 다음 순서의 맥스를 찾으러 밖을 나서자 마당에 있던 맥스가 사라지고 있다

제임스는 맥스와 마주친 적도 없다

달력을 넘기면 실종되는 하루

내일 아침이 되면 작은 방이 사라질 수 있다

베란다에 늘어선 깨진 화분을 더 이상 수거하지 않는 손들
내 화분이 하나씩 깨지는 것을 상상하고
깨진 화분이 늙은 남자에게서 나에게로 옮겨오는 동안

나는 오래전의 나를 보고 있고
한 입도 먹지 않은 식사가 소화되는 것을 느끼면서
죽은 적 없는 나의 묘비명을 예측한다

평소와 비슷한 오후였지만

옆 방의 할아버지는 어젯밤부터 말이 없다
몇 대의 앰뷸런스가 건물 안으로 들어가는 것을 보았는데
주위를 돌아보면 아무도 없고

이삿짐을 나르는 소음보다
앰뷸런스 소리가 자주 들리는 늙은 건물

조명이 차례로 켜질 때마다 내가 포함된 세상이 사라지겠지

새로 산 정장을 다림질하던 젊은 시절의 할아버지

혼자는 외롭다며 곧 죽을 병아리를 두 마리나 데려오던
동네 꽃집에서 가장 허름한 화분을 사 들고 돌아오던

젊은 할아버지를 바라보는 내가
하늘 끝까지 올라갈 수도 없는 그네를 타고 있다

눈을 감으면 젊은 남자가 있다 죽은 개를 쓰다듬자 모든 것이 사라졌다

죽은 적 없는데 방이 사라지고 있다

전수빈 커피와 시를 사랑한다. 무한한 상상을 구현하고 싶어 문예창작과를 졸업했다. 목격과 애정의 순간으로 글을 쓴다.